TIM PARKS

Ehebruch
und andere Zerstreuungen

Tim Parks

Ehebruch und andere Zerstreuungen

Aus dem Englischen
von Ulrike Becker, Ruth Keen
und Claus Varrelmann

GOLDMANN

Die Originalausgabe erschien 1998
unter dem Titel
»Adultery and Other Diversions«
bei Secker & Warburg, London.

Der Goldmann Verlag
ist ein Unternehmen der Verlagsgruppe Bertelsmann GmbH.

Taschenbuchausgabe Februar 2001
Copyright © der Originalausgabe 1998 by Tim Parks
Copyright © der deutschsprachigen Ausgabe 1999
by Verlag Antje Kunstmann GmbH, München
Umschlaggestaltung: Design Team München
Umschlagfoto: photonica/ Masai Mukai
Satz: IBV Satz- und Datentechnik GmbH, Berlin
Druck: Elsnerdruck, Berlin
Verlagsnummer: 44665
JE · Herstellung: Sebastian Strohmaier
Made in Germany
ISBN 3-442-44665-1
www.goldmann-verlag.de

1 3 5 7 9 10 8 6 4 2

INHALT

VORBEMERKUNG

Im Verlauf des letzten Jahres, also nachdem ich die Essays dieser Sammlung zusammengestellt hatte, habe ich mehr oder weniger wahllos zu diesem oder jenem Buch gegriffen, und ich glaube zuverlässig behaupten zu können, dass mir jede Idee wiederbegegnet ist, die hier niedergeschrieben wurde, und dies vorwiegend in Werken, die vor zweihundert oder sogar zweitausend Jahren verfasst wurden. Der Leser darf getrost davon ausgehen, dass er sich bei der Lektüre dieser Seiten nicht mit neuen Gedanken auseinander setzen muss. Originalität ist ohnehin eine Ambition, die man sehr bald aufgibt. Nein, als ich anfing, an diesen seltsam zwitterhaften Texten zu arbeiten, wollte ich die enge Beziehung zwischen Erkenntnissen, die zeitlos sind, und den fortdauernden Geschichten, die unser Leben ausmachen, darstellen. Schopenhauer war nicht der Einzige, der bemerkte, dass wir Begriffe nicht als Reaktion auf unmittelbare Erfahrung entwickeln; sie werden uns vielmehr abstrakt in der Jugend vermittelt: So ist »meistens wenig Übereinstimmung und Verbindung zwischen unseren, durch bloße Worte fixierten Begriffen und unserer durch die Anschauung erlangten realen Erkenntnis«. Denn für die meisten von uns müssen erst viele Jahre vergehen, bevor diese beiden Bereiche des Bewusstseins irgendetwas anderes als lockere Bekanntschaften sein können, da uns die größten Erleuchtungen meistens dann kommen, wenn wir endlich die Erfahrung machen

– eine Liebe, einen Tod, einen besonderen Augenblick mit unseren Kindern –, zu der der Begriff passt, oder zumindest sehen wir dann den Begriff aus dem Blickwinkel, der zu unserer Erfahrung passt. Erst dann, mit einer gewissen Heiterkeit und mitunter auch einem gewissen Horror, können wir etwas vollständig erfassen, von dem wir nun entdecken, dass wir es vorher lediglich zu wissen glaubten. In dem Versuch, die Unterscheidung zwischen Erzählung und Essay zu vermeiden beziehungsweise zu vermeiden, dass die eine Form ständig nach der anderen verlangt, tasten sich diese Texte vorsichtig an solche Erleuchtungen heran.

EHEBRUCH

Vor ein paar Jahren hörte ich mir einen Vortrag über das etwas abstrus klingende Thema »Wandteppiche in Eheschlafzimmern bei Shakespeare, am Beispiel von *Othello, Ein Wintermärchen* und *Cymbeline*« an. Normalerweise reiße ich mich nicht direkt darum, derartige Veranstaltungen zu besuchen, aber ich saß außerhalb von Mailand in einem Konferenzzentrum fest, es regnete in Strömen, und ich hatte nichts Besseres zu tun. Doch siehe da, ich war fasziniert.

Die Rednerin, eine attraktive Frau Mitte Fünfzig, erläuterte anhand von Dias und Videoaufnahmen die tiefsinnigen Mehrdeutigkeiten einer Reihe von Bildern, die in den Gobelins an den Betten der Elisabethanischen Aristokratie auftauchten.

Besonders faszinierend war das Aufeinanderprallen von sakralen und profanen Motiven, die Darstellung von Szenen anheimelnder Häuslichkeit, durchsetzt von deutlichen Anspielungen auf bedrohliche Gefühle: Schlangen und Hyänen warnten selige jungvermählte Paare vor kommendem Ungemach. Dann führte die Rednerin aus, wie Shakespeare diese Themen in seine Dramen einfließen ließ, aber was sie uns eigentlich lieferte, war die Geschichte der Ehe, angefangen mit der Zeit, in der sie dynastischen Interessen diente, als die Familie alles galt und zärtliche Gefühle auf außereheliche Abenteuer beschränkt blieben, über die Krise, die durch die Tradition der höfischen Liebe ausgelöst wurde, als Männer und Frauen ihre Ehepartner zugunsten ihrer Geliebten verließen, bis hin zum Versuch einer Lösung des Problems in der neuartigen Maxime, dass eine Ehe auf Liebe statt auf Familienzugehörigkeit basieren sollte. Um dieses Abenteuer, so behauptete die Rednerin, ging es in den drei Stücken, die sie ausgewählt hatte, und es war auch das unterschwellige Thema der auf den Wandteppichen dargestellten Allegorien: das große Wagnis, die Liebe in den Mittelpunkt der Ehe zu rücken, und die traurige Erkenntnis, die Othello so tragisch verkörpert, dass Liebe noch viel zerbrechlicher ist als Dynastien. Ein verdächtiges Taschentuch genügt, dazu ein Hang zur Eifersucht, und, wie Shakespeare es so zeitlos formulierte: »Fahr hin, Gemütsruh; hin, Zufriedenheit!«

Nach dem Vortrag sprach ich mit zwei älteren Professoren und konnte nicht umhin, die Brillanz der Ausführungen der Rednerin zu bewundern, die Leidenschaft, Anschaulichkeit und Prägnanz ihrer Analyse der Ehe zu loben. »Ein ausgezeichneter Vortrag«, sagte ich mit Nachdruck. »Kein Wunder«, entgegnete einer der beiden mit einem betrübten und zugleich ironischen Lächeln. »Ihr Mann hat sie gerade wegen einer Zweiundzwanzigjährigen verlassen.«

Liebe und Dynastie, Leidenschaft und Familie. Ungefähr zu dieser Zeit ging die Geschichte mit Alistair richtig los. Ich war sein Vertrauter. Wir spielten zweimal in der Woche zusammen Squash, und hinterher berichtete er mir bei einem Bier von den neuesten Entwicklungen. Wir waren dicke Freunde. Während er redete, strahlte er übers ganze Gesicht, und seine Wangen glühten vor Aufregung. »Du zerstörst deine Ehe«, sagte ich warnend. Er lachte laut und benutzte Begriffe aus dem Sport. Am Ball bleiben. Auswärtsspiele. Die Paarungen der nächsten

Woche. Die Organisation ist ganz schön kompliziert, sagte er glucksend. Er kicherte sogar. Es war offensichtlich, wie befreit er sich durch diese erste Affäre nach acht oder neun Ehejahren fühlte. Alistair war eigentlich ein vernünftiger, solider und zuverlässiger Mensch, aber jetzt war der hohe Damm aus Treue und Tugend, der konventionelle Lebensentwurf, mit dem er aufgewachsen war, von einer Flutwelle dionysischer Erregung weggerissen worden.

Wir arbeiteten beide an der Universität, und ich weiß noch, wie ich ihm auf dem Flur eine Passage aus einem Buch zeigte, das ich gerade übersetzte, *Die Hochzeit von Kadmus und Harmonia* von Calasso: »Dionysos«, heißt es dort, »ist kein nützlicher Gott, der Dinge verwebt und verknüpft, sondern einer, der lockert und trennt. Die Weber sind ihm Feind. Und doch kommt der Augenblick, da sie vom Webstuhl aufspringen und ihm auf die Berge nachjagen. Dionysos ist der Strom, dessen Fließen wir in der Ferne vernehmen, ein unablässiges Rauschen im Hintergrund; und eines Tages schwillt er an und überschwemmt alles, als wäre das gewohnte Leben oberhalb des Wassers, unser wohlgeordnetes, reglementiertes Dasein, bloß ein kurzes Zwischenspiel, das mühelos beendet werden kann.«

»Du bist besessen«, sagte ich zu ihm. Alistair nickte lachend. Er war lange Zeit ein Weber gewesen. Er hatte den üblichen Teppich aus Familie, Haus, Karriere und Auto gewoben. Aber am folgenden Abend beschrieb er mir nach dem Squash, wie seine Freundin (die er allerdings immer seine »Mätresse« nannte, weil ihm das Wort so gut gefiel) in eben erwähnter Familienkutsche – sie befanden sich gerade auf der Autostrada zwischen Bergamo und Brescia – ihren Rock hochgezogen, masturbiert und dann mit ihren duftenden Fingern über sein Gesicht gestrichen und sie ihm in den Mund geschoben hatte. Da wir beide schon seit langem in Italien leben, verfiel er ab und zu ins Italienische. »Evviva le puttanelle!«, sagte er lachend. »Hoch leben die kleinen Nutten!« Er war in sie verliebt. Als Außenstehender, als jemand, der sich noch immer innerhalb der üblichen Grenzen der Ehe bewegt, konnte ich mich eines Anflugs von Beklommenheit und Neid nicht erwehren, als ich meinen Freund in diesem Zustand sah. Das Leben ist bestimmt sehr aufregend, wenn man drauf und dran ist, alles zu zerstören.

Alistair nannte seine Frau »Königin der Unvernunft« oder »die Person, der ich gehorchen muss«. Seine Frau betätigte sich immer noch als Weberin. Sie hatten zwei kleine Kinder. Da der Feminismus alles und nichts verändert hat, war sie diejenige, die zu Hause das Kommando führte und die Verantwortung für die Kindererziehung übernommen hatte. Heutzutage helfen die Männer natürlich im Haushalt mit, und als vernünftiger und großmütiger Mensch half Alistair sehr viel mit. Aber er hatte nicht das Kommando. Ihre Gewissenhaftigkeit und mütterliche Sorge, zweifellos verstärkt durch ihre Entscheidung, trotz der Kinder weiterhin zu arbeiten, muss er oft als Herrschsucht empfunden haben. Sie stritten sich aus völlig banalen Anlässen; es ging immer nur darum, wer an der Reihe war, dieses oder jenes zu erledigen. Er hatte das Gefühl, er sei bloß Empfänger ihrer Befehle und sein Verhalten unterliege ihrer ständigen Kontrolle. Unter solchen Umständen ist es schwierig, die erotische Spannung aufrechtzuerhalten. Oder vielleicht war es einfach so, dass Alistair alles erreicht hatte und es Zeit für etwas Neues wurde. Wir alle besitzen ein großes Potenzial, das innerhalb der Beschränkungen, die notwendig sind, um die Dinge miteinander zu verweben, niemals ausgeschöpft werden kann. Arbeit und Ehe sind die größten Gefängnisse der Menschheit. Wenn er sie fragte, was los war, wie er sie denn verstehen sollte, wenn sie es ihm nicht sagte, antwortete sie, er brauche ihr nur ein bisschen Aufmerksamkeit zu schenken, dann würde er sie verstehen, auch ohne dass sie etwas sagte. Jede Intimität kann zur Hölle werden. Sex mit seiner Frau nannte Alistair »Pflichtficken«.

Die Affäre begann. Chiara war eine junge Witwe, dreiunddreißig Jahre alt, mit einer zehnjährigen Tochter und einem lukrativen Job im Bildungswesen, der es mit sich brachte, dass sie auf dieselben Konferenzen fuhr, die auch Alistair besuchte. Es war weniger eine Entscheidung als vielmehr das Zusammentreffen von Gelegenheit und Bereitschaft, oder nein, dem Gefühl, sich diese Flucht verdient zu haben. Sex war plötzlich wieder aufregend. Sie liebten sich in Rom, Neapel, Genf, Marseille. In Autos, in Zügen und auf Schiffen. Sie trieben es auf alle möglichen Arten. Kein Stein der Lust, den sie nicht ins Rollen brachten. Analverkehr, Wasserspiele, gegenseitige Masturbation, ich musste mir wirklich alles anhören. Und dazu das ganze komplizierte Organisieren ihrer Begegnungen, das anscheinend mindestens die Hälfte des Reizes ausmachte. Vorund Nachteile von Handys, die Gefahren der Kreditkartenzahlung. Die beiden versenkten sich ineinander, mit Leib und Seele. Alistair war bis über beide Ohren in Chiara verliebt. Wie intelligent sie war! Und dann ihr pechschwarzes Haar! War sie nicht wunderschön? Zwischen den Liebesakten führten sie unglaublich geistvolle Gespräche über Philosophie, Psychologie, Politik, ihr Leben. Sie schenkten einander Bücher. Sie erzählten sich Geschichten. Sie erlebten die Euphorie eines intensiven Gedankenaustausches, das eigene Leben wurde in Worte gefasst, das Leben des anderen entdeckt. Wenn man frisch verliebt ist, hat man sich immer etwas zu erzählen. Im monotonen Ehealltag hat man das meistens nicht.

Aber wie konnte Alistair es über sich bringen, seine Kinder zu verlassen? Er liebte seine Kinder, nur mit seiner Frau wurde es immer schwieriger. Ab und zu unterbrach er seine minutiösen Beschreibungen von sorgfältig geplanten Treffen und stürmischem Sex durch eine zur Rechtfertigung seines Verhaltens dienende Geschichte über das unmögliche Benehmen seiner Frau. Warum musste sie ihn bei jeder Gelegenheit kritisieren, zum Beispiel, wenn er ein Bild aufhängte oder wenn er seine Zahnbürste – das war doch wirklich die Höhe – mit den Borsten nach außen in das Zahnputzglas stellte, was zur Folge hatte, dass Wasser auf den Boden tropfte, statt mit den Borsten nach innen, damit das nicht passierte. Stell dir das mal vor! sagte er empört. Außerdem wollte sie ihm nie einen blasen. Aber Alistair gab zu, inzwischen Zweifel zu haben, ob die Streitereien mit seiner Frau nicht irgendwie mit seiner Mätresse zu tun hatten. Vielleicht provozierte er solche unnötigen Auseinandersetzungen immer wieder, um seine häufige Abwesenheit zu rechtfertigen. Vielleicht stritten sie sich im Grunde gar nicht wegen der Zahnbürste. Er verlor den Überblick. Aus Nostalgie, oder weil er ein schlechtes Gewissen hatte, oder vielleicht nur, weil er herausfinden wollte, wie er sich dabei fühlte, zeigte sich Alistair seiner Frau gegenüber manchmal von seiner romantischen Seite. Er schenkte ihr Blumen. Wenn die Kinder eingeschlafen waren, versuchte er sie zu verführen. Doch sofort wurde ihm klar, dass er gar nicht mit ihr schlafen wollte. Er spürte kein Verlangen, keine Leidenschaft. Er wollte mit seiner Mätresse zusammen sein. »Ich habe behauptet, ich hätte das Baby husten hören«, sagte er lachend. Aber es war ein bitteres Lachen.

Leidenschaft, Familie. Wurde es Zeit für Alistair, zu Hause auszuziehen? Ich fand, ja. Er wandte ein, wenn er und seine Frau abends mit den Kindern spielten oder sich gemeinsam einen Film im Fernsehen anschauten, seien sie glücklich und zufrieden. Außerdem war da auch noch der finanzielle Aspekt. Und vielleicht eignete sich das, was ihn mit Chiara verband, nicht für ein langfristiges Zusammenleben. Er war innerlich gespalten und steigerte sich in einen Taumel der Entschlusslosigkeit hinein. Fest davon überzeugt, dass er versuchte, zu einer Entscheidung zu gelangen, wandte er beharrlich dieselbe Logik an, mit der er bei seiner wissenschaftlichen Arbeit immer Erfolg hatte, so als handle es sich um ein technisches Problem, das man nur zu lösen brauchte. Dies ist das kartesianische Erbe, dem wir die Schwemme von Selbsthilfebüchern verdanken: Man kann jedes Problem im Leben lösen, man muss nur wissen, wie. Ich begab mich auf das gleiche Niveau. »Du brauchst bloß herauszufinden, was dir mehr bedeutet«, sagte ich zu ihm. »Vielleicht geht es dir bei Chiara nur um Sex.« »Man sollte das Wort ›nur‹ nicht in Verbindung mit Sex gebrauchen«, protestierte er. »Jedenfalls nicht mit solcher Art Sex. Sex ist eine absolute Größe.« »Also bleibst du nur wegen der Kinder«, sagte ich. »Du solltest ausziehen.« Aber darauf sagte er, man dürfe das Wort ›nur‹ auch nicht in Verbindung mit Kindern gebrauchen. Leidenschaft und Kinder waren beides absolute Größen. Sie ließen sich nicht gegeneinander aufwiegen. Schließlich gelang es Alistair, diesen Zustand des Zweifelns und der Unsicherheit, wenn alles in der Schwebe ist, nahezu anderthalb Jahre lang aufrechtzuerhalten. Später gestand er mir, dass dies die glücklichste Zeit seines Lebens gewesen war.

Aber Chiara war inzwischen ein bisschen abgekühlt. Solch

eine fiebrige Balance lässt sich nicht ewig halten. Schließlich beschlossen Alistair und seine Frau, getrennt Urlaub zu machen. Sie würden den Juli und den August nicht zusammen verbringen. »Ist es dir wirklich ernst?«, fragte ich ihn. Er rief neuerdings regelmäßig an, diesmal, um mir mitzuteilen, dass er Chiara erzählt hatte, er werde seine Frau verlassen. »Das stimmt eigentlich nicht ganz«, wandte ich ein. »Ihr macht doch nur getrennt Urlaub.« Er sagte, er glaube, es sei ihm ernst. Jedenfalls hatte er das Gefühl, *er müsse dafür sorgen, dass etwas passiert.* Dieser Satz blieb mir im Gedächtnis haften, er nagte an mir. Vielleicht, weil er von ungewöhnlicher Ehrlichkeit zeugte. Denn wenn ich jetzt an die vielen Freunde denke, die geschieden sind oder getrennt leben oder einander verlassen haben und dann wieder zusammengekommen sind oder nach ihrer Scheidung jemand anderen geheiratet haben, fällt mir auf, dass die meisten zwar ernst und aufrichtig von ihrer Suche nach Glück, nach der perfekten Beziehung reden, aber was sie in Wirklichkeit umtreibt, ist das Verlangen nach Intensität, nach der Erfüllung irgendeines Schicksals, das nicht selten in die Katastrophe führt, der Wunsch, die Dinge auf die Spitze zu treiben und die Krise auszukosten, anfangs ekstatisch, am Ende mit Tränen und Tranquilizern.

Es handelt sich um die gleiche liebenswerte Perversion, die das Paradies so langweilig erscheinen ließ, dass der Apfel früher oder später zwangsläufig gegessen werden musste. Der Mensch war niemals unschuldig. Die Ehe war niemals eine sichere Sache. »Ich muss dafür sorgen, dass etwas passiert«, sagte Alistair. In unserer gut organisierten, karriereorientierten Welt, die wir so mühsam erschaffen haben, mit den automatischen Garagentoren, den zischenden Rasensprengern, dem umfassenden Versicherungsschutz, ist eine Scheidung eine der wenigen echten Katastrophen, die wir noch herbeiführen können. Sie lockt uns an wie eine Sirene und stellt einen wirklich spektakulären Schiffbruch in Aussicht. Endlich können wir einmal ernsthaft Schaden anrichten!

Aber Chiara sagte nein. Chiara sagte, sie wolle nicht mit Alistair zusammenleben. Sie wolle das zufriedene, ruhige Leben, das sie nach dem Tod ihres Mannes mit ihrer Tochter aufgebaut hatte, nicht aufs Spiel setzen. Sie wolle nicht wieder heiraten, und vor allem wolle sie Alistairs Ehe nicht zerstören. Es sei am Besten, wenn sie sich überhaupt nicht mehr sähen.

Alistair brach völlig zusammen. Die Götter hatten ihn verlassen. Der Rausch war vorbei. Aber ohne diesen Rausch konnte er nicht mehr leben. Er könne nicht ohne Glück leben, sagte er. Er machte schlapp. Sein Zigarettenkonsum stieg auf sechzig Stück am Tag. Er trank zu viel. Seine Frau machte sich Sorgen und war deshalb plötzlich übermäßig nett zu ihm. Das trieb ihn zur Weißglut. Er brachte es kaum noch fertig, mit ihr zu reden. Er brachte es kaum noch fertig, mit seinen Kindern zu reden. Er konnte die Anwesenheit seiner Kinder kaum ertragen. Weil er nachts nicht schlafen konnte, döste er den ganzen Tag vor sich hin. Er bekam seine Arbeit nicht mehr geregelt. Und er quälte sich mit dem Gedanken, dass Chiara bestimmt ja gesagt hätte, wenn er sie früher gefragt hätte. Er hatte versucht zu verhandeln, alles in den Griff zu kriegen. Sein Zaudern hatte ihre Leidenschaft abgetötet. Er hätte seinem Instinkt folgen sollen. Schließlich überredete ich ihn, zu einem Therapeuten zu gehen.

Wie gesagt, wir leben in Italien. In einem Land, in dem sich die Menschen deutlich seltener scheiden lassen als in der angelsächsischen Welt, aber dafür wahrscheinlich mehr Affären haben. In einem Land, in dem man wahrscheinlich nie daran geglaubt hat, dass romantische Liebe im Mittelpunkt einer Ehe stehen sollte, zumindest nicht nach der Geburt der Kinder, einem Land, in dem ein Freund von mir am Tag seiner Hochzeit von seiner Großmutter den Rat bekam, seiner Frau wenigstens ein Jahr lang treu zu sein. Kurz gesagt, in einem Land, in dem die Menschen nicht ganz so viel voneinander und von der Ehe erwarten. Vor allem erwarten sie nicht, das Privileg ungemischter Gefühle zu genießen. Und daher geben in diesem Land auch die Therapeuten andere Ratschläge.

Der Therapeut erklärte Alistair, dass nur ein unverbesserlicher Optimist sich scheiden lassen würde, um wieder zu heiraten, weil er glaubte, dass beim zweiten Mal alles besser würde.

Warum sollte es? War an seiner Frau grundsätzlich alles verkehrt und an seiner Geliebten grundsätzlich alles richtig? Seine Probleme rührten von seiner puritanischen Erziehung her, von dem Umstand, dass er noch nie zuvor untreu gewesen war. Das hatte ihn dazu verleitet, der sentimentalen Seite dieser neuen Beziehung eine zu große Bedeutung beizumessen, um seinen Verstoß gegen moralische Werte – Treue und Integrität – zu rechtfertigen, die einer genaueren Prüfung sowieso nicht standhalten würden. Er hatte die Affäre »mythologisiert«. Es wäre das Beste für ihn, eine Zeit lang ein leichtes Beruhigungsmittel einzunehmen, zur Ruhe zu kommen, bei nächster Gelegenheit eine neue Affäre anzufangen und dieser nur so viel sentimentale Bedeutung beizumessen, wie einer Affäre zukam: ein bisschen, nicht mehr. Und er sollte sie nicht zu lange ausdehnen.

In der Zwischenzeit sollte er sich ins Gedächtnis rufen, dass er und seine Frau Partner in einem gemeinsamen Projekt waren. Sie hatten einiges zusammen durchgestanden. Sie waren alte Kampfgefährten. Denken Sie an die praktische Seite. Denken Sie an Ihren Beruf Er erklärte Alistair, dass eine Familie ein Unternehmen sei, eine Hacienda, wie die Spanier sagten, ein Gut, auf dem man sich die anfallenden Arbeiten teilt.

Ist diese Haltung zynisch? Oder in einem tieferen Sinne romantisch? Alte Kampfgefährten. Wir besprachen die Sache, nachdem Alistair beim Squash eine äußerst dürftige Leistung gezeigt hatte, und es erschien mir klug, dem Therapeuten zuzustimmen, wenigstens in Bezug auf die Naivität der Annahme, beim nächsten Mal würde alles besser werden. Und ich erzählte ihm, dass 1974 in Italien vor der Volksabstimmung über das Scheidungsrecht einige Intellektuelle sich mit dem Argument gegen die Scheidung ausgesprochen hatten, dass sich dadurch die Bedeutung von Affären verändern würde. Ich wollte Alistair zum Lachen bringen. Man könne sich dann nie sicher sein, ob die Geliebte einen nicht von seiner Ehefrau weglocken wolle!

Aber solch überaus nützliche Einsichten lassen wenig Raum für Verklärung und Verzweiflung. Alistair war in Chiara *verliebt* gewesen. Er hatte ihr *sein Herz geschenkt*. Solche Klischees sind von Bedeutung, ganz egal, was ein Therapeut sagt. Eines Abends, nachdem Alistair erfolglos versucht hatte, mit seiner Frau zu schlafen, überhaupt nicht in Stimmung gekommen war, sagte er ihr plötzlich die Wahrheit. Er hatte sich nicht dazu entschlossen, er hatte sich während dieses ganzen Abenteuers eigentlich nie zu etwas entschlossen. Alles war trotz großer Widerstände und wie unter einem übermächtigen Zwang geschehen. So war es vielleicht mit allem, was wirklich zählte. Er sagte seiner Frau die ganze Wahrheit und bekam seine Katastrophe.

Jedenfalls schien es anfangs so. Die Ehefrau war am Boden

zerstört. Er hatte ihr kein Detail erspart. Sie verlangte, dass er auszog. Er tat es und stellte fest, wie viel Raum sein Zuhause und seine Kinder in seinem Leben eingenommen hatten. Nun saß er in einer spärlich möblierten Wohnung in einem der billigeren Stadtviertel und versuchte, die Leere mit Whisky und Camel Lights zu füllen. Die Scheidung war gerade beantragt worden, als Chiara zu ihm zurückkehrte. Das nächste Stück der Geschichte fehlt, denn Alistair hatte nicht mehr das Bedürfnis, sich mit mir zu treffen. Er war überglücklich. So hörte ich später. Sein Traum hatte sich erfüllt. Zum Teufel mit dem Therapeuten. Zum Teufel mit dem Squash. Seine Ehefrau, die ich immer sehr gemocht hatte, war äußerst großzügig, was die Zeit anging, die Alistair mit den Kindern verbringen durfte, und Alistair war äußerst großzügig, was die finanzielle Seite anging. Er zahlte sich dumm und dämlich.

Alles war gut. Geradezu perfekt. Es dauerte ungefähr drei Monate, bis ich den nächsten Anruf bekam …

Wahrscheinlich bin ich vom Thema Scheidung so fasziniert, weil es so eng verknüpft ist mit einem geistigen Verlust, nämlich dem Verlust jeglicher Orientierung, jeglicher Werte, die sich als bedeutsamer und bleibender erweisen könnten als die Frage, ob wir im Augenblick glücklich sind oder nicht. Wir sind nicht unwissend genug, um unbeschwert zu leben, und zu hochmütig, um uns nach althergebrachten Konventionen zu richten. Anders ausgedrückt: Für viele Menschen, und vor allem für Männer, da sie keine Kinder gebären und sie anschließend stillen, ist die Leidenschaft das einzig heilige Gefühl, das einzig wichtige, intensive Erlebnis, gewissermaßen die letzte große Illusion. D. H. Lawrence bringt dies in *Liebende Frauen* auf den Punkt. Birkin sagt:

»Die Ideale von früher sind altes Eisen – da ist nichts. Mir scheint, es bleibt uns nur noch diese vollkommene Verbindung mit einer Frau – so etwas wie eine allumfassende Vermählung – sonst gibt es nichts mehr.«

»Und du meinst, da gäbe es nur die Frau und sonst nichts?« fragt Gerald.

»So wird es wohl sein – einen Gott gibt es ja doch nicht.«

»Dann haben wir aber nichts zu lachen«, sagte Gerald.

Die vollkommene Verbindung mit einer Frau. Als wir das nächste Mal gemeinsam ein Bier tranken, erklärte mir Alistair, deprimiert und unter Valium, dass er genau dies gefunden zu haben glaubte, bis ihn Chiara eines Abends, nachdem sie sich geliebt hatten, fragte, ob er den wahren Grund wissen wolle, warum sie seinen Vorschlag zusammenzuziehen damals abgelehnt hatte. Sie hatte zu der Zeit gerade eine Affäre mit einem anderen Mann begonnen. Da Alistair verheiratet und meistens nicht da war, musste so etwas ja passieren. Sie wollte herausfinden, wie es mit diesem Mann laufen würde. Und wie sich herausstellte, lief es ganz gut. Allerdings war er im Bett nicht auf deinem Niveau, sagte sie lachend. Da schlug Alistair sie.

Nun ließ Alistair der Gedanke keine Ruhe, dass es die große Liebe nie gegeben hatte. Chiara hatte ganz unnötig die Illusion zerstört, auf der sein neues Leben gründete. Denn danach erzählte sie ihm noch, dass sie während ihrer Affäre drei oder vier andere Liebhaber gehabt hatte. Warum hätte sie alles auf eine Karte setzen und riskieren sollen, verletzt zu werden? Alistair, der noch nie jemanden geschlagen hatte, schlug sie erneut. Der Therapeut erklärte ihm, dass er durch die

Schläge versuchen wollte, das Mythische – im negativen Sinn-ne – an dieser Affäre zu bewahren und somit auf ihrer beson-deren Bedeutung zu beharren. Dummerweise schien Chia-ra gern geschlagen zu werden. Sie kam wieder und erzählte ihm noch mehr. Erst nach einem Jahr und zwei Fahrten zur Notaufnahme des Krankenhauses trennten sie sich endgültig. Immer war sie diejenige, die zurückkam. Alistair erzählte die ganze Geschichte seiner Frau, die mitfühlend reagierte. Sie schliefen miteinander. Sie trafen sich wieder öfter. Allerdings ohne die Scheidung zu stoppen. Alistair hatte eine lange Rei-he von Affären, deren Hauptziel anscheinend darin bestand, dieselbe heftige Leidenschaft zu spüren wie bei seiner ersten Affäre, deren Hauptziel wahrscheinlich gewesen war, noch einmal die Begeisterung zu erleben, die ihn überhaupt erst zum Heiraten veranlasst hatte.

Ehe und Scheidung sind eng verknüpft mit dem Wissen um unsere Sterblichkeit. Das Leben ist kurz; dennoch möchte man alles machen, und dann alles noch einmal erleben. Fang von vorn an, sagt der Frühling. Untreue verjüngt. Aber wenn wir zu oft von vorn anfangen, wird nichts zu Ende gebracht. Und das Glück? Dass dauerhafte Monogamie unnatürlich ist, hat je-der männliche Vertreter der Gattung Mensch schon einmal ge-spürt. Aber wo kämen wir hin, wenn es nicht ein paar Ein-schränkungen gäbe? Und wieder gibt es eine vollkommene Verbindung. Eine neue intime Beziehung wird auf wun-derbare Weise durch die unüberbrückbare Distanz zwischen Mann und Frau geschaffen. Durch ein grundlegendes gegen-seitiges Unverständnis. Die Kinder werden geboren. Es gibt Meinungsverschiedenheiten. Das Projekt gerät ins Wanken. Biologisch gesehen haben wir nur noch wenig Interesse an nützlichen Werten und häuslicher Routine, wenn die Fortpflanzung erst erledigt ist. Das entfernte Rauschen des Flusses lässt uns vom Webstuhl aufblicken. Das Geräusch strömenden Wassers. Zeit, die Fenster abzudichten und die Türen mit Sandsäcken zu sichern. Die alten Kampfgefährten fahren ihre Kinder zum Cricket oder fangen selber an, Cricket zu spielen. Oder Klavier. Oder sie besuchen Zeichenkurse. Oder lernen eine Kampfsportart.

Die Flut weicht zurück, und Alistair betrachtet seine veränderte Umgebung. Er hat die Kinder jedes zweite Wochenende und isst regelmäßig mit der Familie zu Abend. Manchmal könnte man denken, sie wären gar nicht getrennt. Der Therapeut ist ein guter Freund geworden, spielt Squash mit Alistair und erzählt ihm beim Bier von seinen Affären. Besonders stolz ist er darauf, während eines Kongresses in Palermo drei in drei Tagen gehabt zu haben. Die Scheidung ist endlich durch, und wie die meisten Geschiedenen versichern mir sowohl Alistair als auch seine Frau immer wieder, vielleicht ein bisschen zu vehement, dass diese Lösung wirklich die beste ist.

TREUE

In dem kurzen Zeitraum, den die Engländer zwischen Geburt und Taufe – meiner in diesem Fall – verstreichen lassen, musste meine Familie aus dem Pfarrhaus, in dem ich geboren wurde, ausziehen. Die Wände waren so stark von Schwamm befallen, dass sie einzustürzen drohten. Angesichts der Dringlichkeit der Lage stellten die Behörden uns großzügigerweise ein Haus aus städtischem Besitz, eine »Schuhschachtel«, wie meine Mutter es nannte, zur Verfügung, das in einem Arbeiterviertel des Gemeindebezirks meines Vaters lag. Gleich nach unserem Einzug kamen die Nachbarn vorbei, um ihre Hilfe anzubieten. Das war in Nordengland in den fünfziger Jahren so Sitte. Meine Mutter und mein Vater erfuhren dabei, dass in dieser Straße eine Woche zuvor zwei Jungs geboren und beide auf den Namen Timothy getauft worden waren. Das ärgerte meine Eltern, denn sie hatten vorgehabt, mir ebenfalls diesen Namen zu geben. Als fromme Menschen hatten sie einen guten Grund dafür: Timothy bedeutet »Gott ehren«. Aber sie wollten nicht den Eindruck erwecken, einer Mode zu folgen, vor allem nicht in einem Arbeiterviertel. Gab es einen berühmten Schauspieler namens Timothy? Oder, was wahrscheinlicher war, da man sich in Manchester befand, einen Fußballer? Es konnte wohl kaum sein, dass die Leute in der Straße die Paulusbriefe gelesen hatten. Ein, zwei Tage lang wurde das Dilemma diskutiert. Aber schließlich blieben meine Eltern bei ihrem Entschluss, und ich bekam den vorgesehenen Namen. Nach dem Taufgottesdienst schenkte man mir, wie es Brauch war, eine Bibel. Sie hatte einen rotbraunen Ledereinband und goldfarbenen Schnitt, und als ich alt genug war, um darin zu lesen, sah ich, dass mein Vater in seiner unruhigen, kantigen Schrift folgende Worte für mich auf die Titelseite geschrieben hatte:

»O Timotheus! Bewahre, was dir anvertraut ist ...«
(1. Timotheus 6.20)

Das baufällige Haus, die Überlappung von Mode und Frömmigkeit, die Standfestigkeit meiner Eltern, die krakelige Widmung meines Vaters: Erst sehr viel später wurde mir klar, wie bezeichnend all diese Details waren. Als Kind war ich jedoch bloß enttäuscht darüber, was für ein langweiliger Mensch mein Namenspatron gewesen war. Denn Timotheus wirkte keine Wunder. Weder erweckte er Tote zum Leben, noch lösten sich in einem römischen Gefängnis die Ketten von seinen Füßen. Kein einziger Engel erschien ihm. Er wurde weder gegeißelt noch mit dem Kopf nach unten gekreuzigt. Für einen kleinen Jungen schien es, als habe er sich seinen Platz in der Bibel eigentlich gar nicht verdient.

Meine Eltern lebten evangelistisch. Ihr Glaube speiste sich aus den Evangelien und der Apostelgeschichte. »Gehet hin in alle Welt und prediget ...« Daher gehörten natürlich Missionare zu ihren Freunden, und als ich etwa zehn Jahre alt war, starb eine Familie, die wir gut kannten und mit der wir mehrmals gemeinsam Urlaub gemacht hatten, in Burundi den Märtyrertod. Die Mutter, der Vater und die beiden kleinen Kinder waren während eines Aufstands von den Rebellen gefangen genommen und vor die Wahl gestellt worden, ihrem Glauben abzuschwören oder getötet zu werden. Sie wählten den Tod. Wir hielten einen Gedenkgottesdienst für sie ab. Und ich erinnere mich, wie ich meinen Vater fragte, ob Timotheus ein Märtyrer gewesen sei. Er wusste es nicht. Dabei war mein Vater kein ungebildeter Mann. Ganz im Gegenteil. Er hatte auf eine Karriere als Ingenieur verzichtet, um Theologie zu studieren. Aber da sich evangelistisch eingestellte Menschen primär auf die Bibel beziehen und Timotheus' Tod dort nicht erwähnt wird, war es nur logisch, dass mein Vater es nicht wusste. Erst kurz vor meinem einundzwanzigsten Geburtstag stieß ich in einer Universitätsbibliothek beim Blättern in der *Encyclopedia Britannica* zufällig auf die Antwort: Timotheus ist höchstwahrscheinlich in der Stadt Ephesus, deren erster Bischof er war, den Märtyrertod gestorben. Er wurde weder gefangen genommen noch gefoltert noch aufgefordert, seinem Glauben abzuschwören. Vielmehr forderte er sein Schicksal geradezu heraus, und zwar in ziemlich hohem Alter. Er wurde von einer aufgebrachten Menschenmenge gelyncht, weil er versucht hatte, die rituellen Orgien zu unterbinden, die die Epheser zu Ehren der Göttin Artemis veranstalteten. Etwa zu dieser Zeit – als ich ins Erwachsenenalter eintrat, wie man so sagt (mittlerweile gehe ich nur noch dem Alter entgegen) – stellte ich mir zum ersten Mal die Frage: Wer war dieser Timotheus, der meine Eltern so stark beeindruckt hat, obwohl sie nichts von seinem Märtyrertod wussten? Wieso haben sie mich nach ihm benannt?

Timotheus war einer der ersten, die den Aposteln nachfolgten. Das erfährt man aus der Lektüre des Neuen Testaments. Da er eine Generation später und sechshundertfünfzig Kilometer weiter nordwestlich, in Kleinasien, geboren wurde, hat er Jesus nicht kennen gelernt. Er war nicht Zeuge der dramatischen Ereignisse von Gethsemane und Golgatha, und er erlebte nicht die berauschende Erleichterung beim Blick in das leere Grab. Weder war er während der vierzig Tage, in denen der auferstandene Jesus sich seinen Jüngern offenbarte, in Palästina noch im »Obergemach«, als sich die gespaltenen Flammenzungen zu den Aposteln niedersenkten. Im Gegensatz zu Paulus, der mehr als jeder andere eine Brücke von der Zeit der Anwesenheit zu der Zeit der Abwesenheit Jesu schlägt, wurde ihm nicht die späte Erleuchtung durch das blendende Licht und die Stimme aus dem Himmel zuteil.

Timotheus trat erst nach alldem in Erscheinung. Die ersten Kapitel der Apostelgeschichte sind actiongeladen. Die Kirchengründung erfolgt mit einem Paukenschlag. Und Timotheus muss es später fast so vorgekommen sein, als wäre er dabei gewesen. Wie oft mag er wohl, nachdem Paulus ihn als Begleiter für seine Missionsreisen ausgewählt hatte, wenn er und Silas und der große Apostel in ihre Mäntel gehüllt vom Bug eines Handelsschiffs aus über das kabbelige Ägäische Meer blickten, die Geschichten über die frühen Tage gehört haben: Dreitausend Bekehrte an jenem ersten Pfingsten; die bösen Geister wurden ausgetrieben; ein Lahmer konnte plötzlich laufen; und in einer einzigartigen Manifestation kommunistischen Christentums brachten die Gläubigen alles mit, was ihnen gehörte, »und legten es zu der Apostel Füßen; und man gab einem jeglichen, je nachdem einer in Not war«. Ganz zu schweigen von den eher beängstigenden Wundern: die schreckliche Geschichte von Ananias und Saphira, die ihren Besitz verkauften und so taten, als gäben sie alles der Kirche, obwohl sie einen Teil einbehielten. Kaum waren sie überführt, fielen sie tot um.

Wenn Timotheus diesen Geschichten lauschte, in der Zeit, als viele neue Gemeinden und Gläubige zur Kirche hinzukamen, als die drei mit Schiffen und Karawanen von einer Stadt zur anderen zogen, als Paulus predigte und er und Silas ihm folgten, muss ihm bereits aufgefallen sein, dass die Wunder seltener wurden und niemand außer Paulus sie vollbrachte. War ihm bereits klar, dass es nach Paulus' Tod keine mehr geben würde, dass Wunder und gesellschaftliche Umwälzungen nicht jeden Tag passieren? Mein Vater war ein großer Bewunderer von Paulus. Ich glaube, es hat in all den Jahren, in denen er Pastor blieb, obwohl ihn die Selbstzufriedenheit und der moralische Verfall der Anglikanischen Kirche zunehmend frustrierten, niemanden gegeben, den er mehr bewunderte als Paulus. Andauernd zitierte er ihn. Wenn er in seiner Robe auf der Kanzel stand, die Arme erhoben, der kahle Schädel vor Aufregung glänzend, ähnelte er sogar den Abbildungen des Apostels in illustrierten Bibelausgaben, auf denen er beispielsweise zu den skeptischen Athenern predigte. Ich kam auf den Gedanken, dass mein Vater Paulus bewusst imitierte. Dennoch hat er mich nach Timotheus benannt. War der erste große Evangelist ein zu anspruchsvolles Vorbild? Oder widerstrebte es ihm, da wir Kinder ihn wahrscheinlich davon abgehalten hatten, seiner missionarischen Berufung zu folgen, einem von uns einen Namen zu geben, den er mit Abenteuer verband?

Paulus hatte nicht unter solchen Zwängen zu leiden. Im vollen Bewusstsein der Gefahr – schließlich hatte er sein Leben lang nichts anderes gesucht – begab er sich nach Jerusalem, ließ sich einkerkern und als Gefangener nach Rom schicken, seinem Sterbeort. Paulus bildete stets die Vorhut. Und genau wie ein dynamischer Unternehmer, der eine Firma gründet und später einen Manager engagiert, der die Geschäfte führen soll, sandte er seine treuesten Gefährten aus, damit sie über die von ihm gegründeten Gemeinden wachten. So wurde Timotheus die Verantwortung für Ephesus übertragen, damals einer der größten Häfen des Mittelmeers, Zentrum des Handels und des Lasters, »Das Licht Asiens«, »Der sichere Weg zum Märtyrertod«, an erster Stelle in Johannes' Liste der sieben Gemeinden, vor allem jedoch Standort des großen Tempels der Artemis mit dem vom Himmel gefallenen Bildnis der Göttin.

War Timotheus seiner Aufgabe gewachsen? Er war noch jung, aber von schwacher Gesundheit. Die Situation in Ephesus war heikel. Die Christen beharrten auf Monogamie, und daher waren die Bekehrten gezwungen, alle ihre Ehefrauen bis auf eine zu verlassen. So gab es jetzt etliche »Witwen«, die versorgt werden mussten. Und sollten die nichtjüdischen Christen den überlieferten jüdischen Gesetzen gehorchen oder nicht? Paulus hatte Timotheus empfohlen, sich beschneiden zu lassen, um die Juden, zu denen sie predigten, nicht zu brüskieren. Aber im Fall von Titus hatte er einen anderen Rat gegeben. Sollte ein christlicher Sklave seinem heidnischen Herrn gehorchen? Sollten jene, die hauptberuflich für die Kirche arbeiteten, dafür Geld bekommen, und wenn ja, von wem und wie viel? Natürlich waren das nichtige Fragen, verglichen mit der Offenbarung der Göttlichkeit Jesu. Schon bald würde seine Wiederkunft der Beschäftigung mit solchen Nebensächlichkeiten ein Ende bereiten. Aber in der Zwischenzeit musste man sich wohl oder übel mit so etwas auseinander setzen.

Paulus schrieb Briefe an Timotheus, um ihm Hilfestellung zu geben. Halt am Glauben fest. Nutze deine Gabe. Ein bisschen Wein zu den Mahlzeiten ist der Gesundheit zuträglich. Diakone sollten aber dem Alkohol nicht ergeben sein. Bischöfe sollen ehrbare Männer sein. Benimm dich. Lass die Frauen in der Stille lernen, mit aller Untertänigkeit. Die Gemeinde soll keine Witwen versorgen, die jünger als dreimal zwanzig Jahre sind. Denn es besteht die Gefahr, dass sie sich unziemlich benehmen. Angesichts dieser vernünftigen Ratschläge wird es Timotheus wohl kaum entgangen sein, dass die Zeit der Euphorie endgültig vorbei war. Er soll sogar etwas Vorsicht bei der Evangelisierung walten lassen. »Die Hände lege niemand zu bald auf«, schreibt Paulus ihm. Und nimm dich generell in acht. Die »letzten Tage« werden schwer sein.

Die letzten Tage. Timotheus' Rolle verhält sich zu der von Paulus wie die des Ehemanns zu der des Liebhabers. Er muss durchhalten. Seine heilige Pflicht besteht darin, sich um die Bewahrung des Erreichten zu bemühen, sich mit der täglichen Routine abzufinden. Unablässig schöpft er bei schwerer See Wasser. »Aber ich habe wider dich«, schreibt Johannes an Timotheus' Gemeinde in Ephesus, »dass du die erste Liebe verlässest.« Brich nicht das Versprechen, das du in deiner Jugend gegeben hast, schreibt Paulus. »Ich gebiete dir vor Gott, dass du haltest das Gebot ohne Flecken, untadelig, bis auf die Erscheinung unsres Herrn Jesu Christi.« Bis zur Wiederkunft. Aber wann würde das sein? Timotheus hatte wirklich jung »geheiratet«, war vermutlich der jüngste Bekehrte der frühen Christianisierung. Ihm und seiner »Braut«, der Kirche, stand eine lange gemeinsame Zeit bevor. Und ahnte Timotheus bereits, während Paul ausführlich über Diakone und Bischöfe und Witwengemeinschaften und Löhne schrieb, dass er womöglich nur das erste Glied in einer Kette war, die sich über die kommenden Jahrtausende erstrecken würde, dass Jesus Christus' triumphale Rückkehr auf unbestimmte Zeit verschoben war? Befürchtete er, dass er es vielleicht nicht schaffen würde, am Glauben festzuhalten? »Richte dein Amt redlich aus«, schreibt Paulus, in der Gewissheit, dass er selbst bald in Rom den Märtyrertod sterben wird.

Mein Vater hielt jeden Sonntag mindestens eine Predigt. Ich weiß, er empfand es zunehmend als Belastung, sich jede Woche neue Themen ausdenken zu müssen und seine Begeisterung aufrechtzuerhalten, die eine der Lokalzeitungen veranlasst hatte, ihn »unseren hitzigen nordenglischen Vikar« zu nennen. Fing er zur Zeit meiner Geburt an, sich deswegen Sorgen zu machen? Er war damals gerade vierunddreißig geworden. Die ersten beängstigenden Vorboten einer Midlife-Crisis? Beschäftigten ihn diese Gedanken, als er meinen Namen aussuchte? Wollte er mich vor dem warnen, wovor er sich selbst am meisten fürchtete? Vor der Schwierigkeit, die Leidenschaft in der Liturgie zu bewahren. Ebenso wie die romantische Liebe in der Ehe. Da ich das dritte und letzte Kind war, muss meine Geburt, wie jeder Psychologe bestätigen wird, einer der Momente gewesen sein, in denen ein Mann spürt, dass die Würfel endgültig gefallen sind. »O Timotheus! Bewahre, was dir anvertraut ist…« In den Paulusbriefen ist der Übergang von der Offenbarung zur Rechtgläubigkeit am deutlichsten zu spüren. Es wird klar, dass die Geschichte der Menschheit länger dauern wird als erwartet. Da die Menschen reichlich Zeit haben, werden sie herumtrödeln, sie werden diskutieren, sie werden auf neue Ideen kommen, werden die Regeln ändern, die Regeln untergraben. Der komplette Vers lautet: »O Timotheus! Bewahre, was dir anvertraut ist, und meide die ungeistlichen losen Geschwätze und das Gezänke der fälschlich so genannten Erkenntnis.«

Wie soll man sich während der letzten Tage den Glauben bewahren? Auf den wenigen Seiten, die an Timotheus adressiert sind, wird der Ausdruck »Lehre« dreizehnmal benutzt, öfter als in jedem anderen Buch der Bibel.

Und Paulus' Texte nehmen immer wieder die starren Formen eines Glaubensbekenntnisses an. Stellenweise sind es beinahe Gesänge: »ER ist offenbart im Fleisch, gerechtfertigt im Geist, erschienen den Engeln, gepredigt den Heiden, geglaubt in der Welt, aufgenommen in die Herrlichkeit.« Wenn die Menschheitsgeschichte lange dauern wird, dann musste ihr durch eine »gute Lehre« ein fester Rahmen gegeben werden. Timotheus' heilige Pflicht bestand darin, dies zu gewährleisten, Leidenschaft in Ritual zu verwandeln. Obwohl mein Vater die Katholiken kritisierte, weil sie im Gottesdienst die lateinische Sprache benutzten, war er wütend, als die Anglikanische Kirche beschloss, ihr traditionelles Gebetbuch aus dem Jahre 1666 nicht mehr zu benutzen. Er wusste, wie wichtig die ständige Wiederholung bekannter Formeln sein kann.

Selbst bei oberflächlicher Lektüre des Neuen Testaments bemerkt man den Schwenk von der Offenbarung zur Wiederholung: die Wunder, die Werke, dann die unzähligen Ermahnungen; schließlich, so als seien die Verfasser all dessen überdrüssig, endet es mit dem Paukenschlag der Apokalypse in der Offenbarung des Johannes. Paulus wurde nie müde zu wiederholen, dass die heilige Pflicht im Leiden bestand. Sein eigenes Leben war in dieser Hinsicht vorbildlich. Aber was passiert, wenn die Rechtgläubigkeit etabliert ist, wenn die Hälfte der Jungs in der Nachbarschaft Timothy heißt und die Verfolgung und die berauschenden Gefühle, die sie mit sich bringt, schlicht und einfach nicht mehr zu haben sind? Was passiert, wenn die Routine der letzten Tage – wachsam sein und beten, wachsam sein und beten – allmählich öde wird?

In den späten sechziger Jahren griff die Langeweile schließlich auch auf meinen Vater über. Seine Kinder waren beinahe erwachsen, die Welt befand sich im Aufruhr, und er richtete immer noch redlich sein ewig gleiches Amt aus: Gemeinderatssitzungen, Sammlung für die Erneuerung des Kirchendachs, Chorkonzerte und Weihnachtsbasare. Er war inzwischen 46 Jahre alt. Da er nicht die Absicht hatte, seinem Glauben untreu zu werden, der Lehre abzuschwören, die er stets in seinen Predigten vertreten hatte, war es für ihn ein großes Glück, neue, aufregende Möglichkeiten in der Heiligen Schrift zu finden: Ganz ähnlich, wie manche Eheleute mittleren Alters versuchen, sich durch bizarre Sexualpraktiken zu stimulieren, entdeckte mein Vater für sich die charismatischen Segnungen des ersten Korintherbriefs: Zungenreden, Prophezeiungen, Heilungen, Exorzismus. Ein amerikanischer Evangelist machte in der Stadt Station. Wir wohnten inzwischen in London. Es entstand eine Bewegung, in Vorstadtparks wurden erhebende Versammlungen abgehalten. Mein Vater wurde »getauft im heiligen Geist«. Erst folgte meine Mutter seinem Beispiel, dann der Vikar. Sie sprachen in Zungen. Die Gemeinde war wie elektrisiert. Die Teilnehmer des Gottesdienstes zogen predigend durch die Straßen. Es ging hoch her, und viele ließen sich bekehren. Und am Ende wurde auch ein böser Geist gefunden, denn das ist bei solchen Bewegungen unabdinglich. Warum sollte ein Siebzehnjähriger Grass rauchen und wilde Rockmusik hören, wenn er nicht vom Teufel besessen war? Warum sollte er lange Haare und einen Ziegenbart haben? Konnte sein Bein, das von Kinderlähmung verkrüppelt war, geheilt werden? Mein Bruder lachte sie aus und wurde manchmal wütend. Er genoss es, ihnen den Teufel vorzuspielen. Er genoss ihre Empörung. Wieso, fragten sich die Gläubigen, verzichtete jemand auf eine Karriere als Ingenieur, um

Kunst zu studieren? Dieses ganze psychedelische Zeug. Mein Bruder rauchte *No. 6* und vertrat bei Diskussionen ernsthaft die Sache des Vietcong. Man schrieb das Jahr 1968. Jimi Hendrix war der Größte. Aber jemand meinte, das verkrüppelte Bein meines Bruders könnte ein Teufelsmal sein. Denn in der Gemeinde herrschte ein immenser Tatendrang. Es war ja schön und gut, eine charismatische Bewegung ins Leben zu rufen, aber jetzt musste etwas passieren. Am ersten Weihnachtsfeiertag schloss sich mein Bruder mit einem Mädchen, das Secondhandkleidung trug, in seinem Zimmer ein und kam nicht zum Essen herunter. Warum sollte jemand, der nicht besessen war, so etwas tun? Die Welt musste sich verändern, und die Veränderungen mussten sichtbar sein, so wie es zur Zeit der Apostel gewesen war. Wozu waren die Segnungen sonst nütze? Also fand schließlich ein Exorzismus statt. Und obwohl die eine Seite zweifellos wohlmeinend und die andere nicht rebellischer als üblich war, kam es zu Kämpfen, Kontroversen und wilden Beschimpfungen. Und die Welt veränderte sich tatsächlich: Genau wie das alte Pfarrhaus in Manchester, in dem ich geboren wurde, war unsere Familie plötzlich vom Zerfall bedroht, ein Gebilde, das jederzeit einstürzen und uns alle zerquetschen konnte.

Zu den Aktivitäten des vierzehnjährigen Timothy in dieser Phase der charismatischen Torheiten, die so aufregend und so destruktiv waren, gehörte es, gemeinsam mit anderen jungen Christen vor Stätten des Lasters Posten zu beziehen. Im Jugendklub verbrannten wir die Schallplatten einer Rockgruppe namens Black Sabbath, und abends zogen wir nach Soho und sangen vor Striplokalen und Pornokinos religiöse Lieder. Wir nannten diese Aktion »Seelensuche«. Gewöhnlich begleiteten uns der Vikar und jemand mit einer Gitarre, und wir standen im Nieselregen unter dem gelblichen Licht der Straßenlaternen, fragten Leute, die nach Schnaps rochen, ob sie gerettet wären, und legten ihnen nahe, das Odeon als Ort des Bösen zu betrachten. Erstaunlicherweise hörten manche uns zu. Die meisten lachten uns aus. Oder spuckten uns an. Aber welche Motive für unser außergewöhnliches Verhalten hätten wir gefunden, wenn wir in unseren eigenen Seelen gesucht hätten? Trieb uns die Liebe zu den Sündern an? Oder Schuldgefühle, weil wir ein bequemes Leben führten und bisher nie für Jesus gelitten hatten? Oder war es bloß das übliche Verlangen nach Abwechslung und *action*, das Gleichaltrige, die in anderen Verhältnissen aufgewachsen waren, dazu trieb, in Fußballstadien Prügeleien anzuzetteln?

Dreißig Jahre, nachdem Paulus als Held gestorben war, hielt Timotheus immer noch in Ephesus die Stellung. Er war inzwischen alt, und die Kirche war, genau wie Paulus es leidenschaftlich gefordert hatte, eine etablierte Institution geworden. Timotheus hatte am Glauben festgehalten und für die Befolgung der rechten Lehre gesorgt. Aber am 24. Januar des Jahres 97 war er, wenn man Eusebius, einem Geschichtsschreiber aus dem vierten Jahrhundert, Glauben schenkt, mit seiner Geduld am Ende. Timotheus bezog Posten vor dem riesigen Tempel der Artemis, einem der sieben Weltwunder der Antike, wo an diesem Tag die unzüchtigen Feiern der Epheser zu Ehren dieser Göttin stattfanden. Als der alte Heilige dort stand und sein Schicksal herausforderte, sich möglicherweise darüber ärgerte, dass er trotz seiner schwachen Gesundheit so lange hatte aushalten müssen, intonierte er da, genau wie wir es auf der Charing Cross Road getan hatten, das Glaubensbekenntnis, zu dem seine Religion inzwischen geworden war? Schleuderte er einer Kosmologie eine andere entgegen, damit endlich etwas passierte? Oder dachte er wehmütig an die Gelüste der Jugend zurück, denen er auf Paulus' Rat hin entsagt hatte? Die erzürnten und höchstwahrscheinlich auch betrunkenen Heiden schlugen ihn tot. Zweifellos hatte das ein paar Bekehrungen zur Folge.

Der Mensch, der zum Christen auserwählt ist, hat den Auftrag, in der Welt Ordnung zu schaffen, ehe es zu spät ist, und nicht, sie so zu lieben, wie sie ist. Daher hat jeder Christ bei der Erfüllung seiner heiligen Pflicht die Apokalypse im Sinn, bis er sich schließlich vor lauter Enttäuschung mit Selbstaufopferung zufrieden gibt. Für diejenigen von uns, die nicht gläubig sind, die, so wie ich, sich weigern, das zu bewahren, was ihr Vater ihnen anvertraut hat, ist diese Haltung dennoch nachvollziehbar. Wir haben alle unsere Leidenschaften und Erleuchtungen gehabt, uns an intensive Gefühle geklammert. Deshalb können wir das seltsame Heldentum des Heiligen, die Anziehungskraft seiner Torheit nachempfinden: Jahrzehntelang hält er stur an seinem Glauben fest, und wenn er dessen überdrüssig ist, sucht er einen Weg, dafür zu sterben. Wir finden das bewundernswert, genauso wie die Christen uns zweifellos manchmal um unsere agnostische Nonchalance beneiden, um unsere Freude an »losem Geschwätz«, an Streit um des Streites willen. Aber sie ahnen vermutlich auch, dass die Ungläubigen sich, egal wie wohl sie sich in ihrer Haut fühlen mögen, stets die Offenbarung ersehnen, genau wie die Christen oft wünschen, sie könnten ihr Joch abschütteln. Als das familiäre Drama vorbei und halbwegs vergessen war, begnügte sich mein Vater wieder mit der starren, beruhigenden Monotonie der guten Lehre: Morgenandacht und Abendgottesdienst, Weihnachten und Ostern und all die vielen verregneten Sonntage nach Trinitatis.

Vor zwei Jahren ging ich ins Britische Museum, um mir die Fragmente des Tempels der Artemis in Ephesus anzuschauen, Fragmente der Steine, gegen die womöglich der Kopf meines Namenspatrons gestoßen worden war. Sie waren nicht ausgestellt. Und die Briefe an Timotheus sind nicht von Paulus verfasst worden. Das glauben die Fachleute inzwischen herausgefunden zu haben. Die wenigen Zeilen, die von dem Apostel selber stammen, wurden eingestreut, um einem sehr viel jüngeren Text aus dem zweiten Jahrhundert, dessen Autor immer noch kräftig ins Horn der Rechtgläubigkeit stieß, Autorität zu verleihen. So wird Timotheus zu einem typischen Vertreter derer, die belehrt, ermahnt, ermuntert werden müssen, derer, die sich mit verblassenden Erinnerungen, hartnäckigen Feinden und feigen Freunden abplagen. Wer könnte dem Ideal eines Heiligen mehr entsprechen? »Den Mantel, den ich zu Troas ließ bei Karpus«, lautet eins der letzten Fragmente, die nach allgemeiner Überzeugung der echte Paulus an den echten Timotheus adressierte, »bringe mit, wenn du kommst, und die Bücher, sonderlich die Pergamente.« Um wie vieles überzeugender und irgendwie auch ermutigender als die gesamte Offenbarung, als sämtliche Predigten bei Gottesdiensten sind diese wenigen Zeilen. Timotheus war offenbar ein Mann, den man mit einer solch schlichten Aufgabe betrauen konnte. Ungeachtet seiner Zweifel und seines Gesundheitszustands war dies etwas, woran er stets festhielt: die verlässliche Erledigung eines Botendienstes für einen alten Freund. Ich musste zwar erst einundvierzig Jahre alt werden und drei Kinder bekommen, aber heute bin ich ganz zufrieden mit dem Namen, den mir mein Vater gegeben hat.

RUHM

Vielleicht offenbart sich nur dann, wenn wir in ein scheinbar triviales Abenteuer die größten Erwartungen setzen, der metaphysische Charakter einer ganz bestimmten Sehnsucht. Warum war ich sonst so verärgert darüber, dass wir unsere Wanderung nicht zu Hause beginnen konnten? Das würde uns einen zusätzlichen Tag kosten, sagte Fritz. Und er würde nicht noch einen weiteren Tag Urlaub bekommen. Auch die Kinder wollten nicht unbedingt von zu Hause losgehen. Die Pfade der näheren Umgebung sind ihnen zu vertraut. Man kann Kindern das Laufen nur schmackhaft machen, wenn Abwechslung und Aufregung mit im Spiel sind. Mühsal muss von Ruhm begleitet werden. Meine Frau fuhr uns in Richtung der Gipfel, die in der Ferne zu sehen sind.

Von San Giorgio Veronese bis Folgario, über achtzig Kilometer Berge in drei Tagen. Ich, mein Freund Fritz, Michele, elf Jahre, Stefi, acht Jahre. Der kälteste Sommer Italiens seit Menschengedenken. Eine indische Überlieferung führt viele unserer Ängste auf die Tatsache zurück, dass das gesamte Universum nichts anderes ist als der verstreute und zerbrochene Körper des Urgottes. Wir profitieren von seiner Auflösung – ohne sie könnten wir als Individuen nicht existieren – und sehnen uns doch nach einer verlorenen gegangenen Ganzheit. Könnte dies der Grund sein, fragte ich Fritz, als wir vor dem ersten atemberaubenden Abhang standen, warum ich so traurig darüber war, dass wir nicht direkt von zu Hause losgingen? Ich hatte das Gefühl haben wollen – wir erreichten eine steinige Felsschlucht –, dass wir die ganze Distanz zurückgelegt hätten, das Gefühl, etwas zusammengefügt, mich selbst von meinem Haus bis nach Folgario erstreckt zu haben. Fritz prüfte gerade die Akkus von seinem Handy, das ihn über den Fortgang der Tour de France auf dem Laufenden halten sollte. Wahrscheinlicher wäre, so mutmaßte er, dass ich einfach nur ein zwanghafter Mensch sei. Ich würde mein Glück an kleine und unerhebliche Leistungen hängen. Er tat genau dasselbe, wenn er auf seinem Fahrrad die Nadel seines Geschwindigkeitsmessers über eine längere Distanz unbedingt auf demselben Punkt halten wollte. Fritz, ein Kind deutsch-amerikanischer Eltern und aufgewachsen in Italien, ist ein Fahrradfreak. Stefi sagte, sie sei erschöpft. Wir waren schon fast eine volle Viertelstunde gelaufen.

Das Terrain oberhalb von San Giorgio ist ein ödes Plateau mit spärlichem Graswuchs und Geröll. Wir kraxelten zu seinem klaffenden Rand hinauf und dann wieder hinunter, wo sich das Land in das Valle de Rivolte ergießt. Hier spricht noch eine dünn gesäte Bevölkerung das Relikt einer Sprache, die weder das Italienisch der Ebene noch das Deutsch der Hochtäler ist noch das Ladinisch der Berge, sondern Cimbro, ein bizarres, sprachlich freischwebendes Fragment, durch das sich diese Leute offenbar bereichert fühlen – sie sind jedenfalls sehr stolz darauf – und das sie von anderen Leuten wie Michele oder Stefi ausgesprochen isoliert, die jetzt durch eine Waldschneise zum »Rifugio Pertica« hinuntersausen, weil man ihnen, in der heutigen *lingua franca,* bei Ankunft eine Coca-Cola versprochen hat.

Fritz betrat das *rifugio,* eine Art große alpine Herberge, aber vorerst gab es keine neuen Nachrichten über die Tour. Aus irgendeinem Grund hatten sich die Akkus seines Handys nicht aufgeladen. Er sorgte sich um seinen persönlichen Helden, Indurain. Anscheinend war dieser begnadete Athlet am Vortag, erstmals in seiner Karriere, auf irgendeiner Bergetappe zusammengebrochen. Es war wichtig für Fritzens Wohlbefinden, dass Indurain das wilde Wettrennen zum rekordhaften sechsten Mal gewann. Stefi und Michele waren auch erschöpft, wie sie sagten, obwohl die wahre Herausforderung des Tages, der Aufstieg auf den Carega, noch vor uns lag. Sie saßen auf einer Bank vor dem *rifugio* und durften zur Deckung ihres Energiebedarfs ein bisschen Schokolade essen, aber noch kein Sandwich. Stefi holte Soletta hervor, ihren kleinen Lieblingsbären – ich wusste gar nicht, dass sie ihn mitgenommen hatte –, was rührend und ärgerlich zugleich war, denn wir würden in Teufels Küche kommen, wenn er verloren ginge. Fritz verkündete, dass er einen Zaubertrank namens »Energade« dabei hatte, den er Stefi in kleinen Dosen verabreichen könnte, für den Fall, dass sie irgendwann ernsthaft müde würde. Er habe eine unmittelbare und wundersame Wirkung, behauptete er. Es gäbe Leute, die nach einem kräftigen Schluck »Energade« Tausende von Kilometern gelaufen seien, andere wären von den Toten auferstanden. Ein Produkt für Biker. Über uns senkten sich dichte Wolken über eine verwitterte Felswand, wo sich zwei Abenteurer mit Steigeisen und bunten Seilen Zoll für Zoll vorwärts schoben.

Wie schwer es fällt zu erklären, was als Nächstes geschah! Was für eine Fülle von Details – geographische, geologische, chronologische, meteorologische – man berücksichtigen müsste, die für das Ganze verantwortlich waren. Welche Beschreibungen von Gedankengängen in verschiedenen Köpfen, von Gruppendynamik, von unterschiedlichen Konstitutionen! Denn selbst wenn wir nicht dem Irrsinn erliegen, jeden gesprenkelten Stein unter unseren Füßen zu zählen, so ist doch dieser zerbrochene Körper um uns herum eine überbordende, verschwenderische Sache. Jede Geschichte, die erzählt wird, ist aus etwas so viel Größerem geschnitzt. Dazu kam natürlich die Sache mit der Karte. Sie liegt hier neben mir auf dem Schreibtisch, immer noch gewellt von der Feuchtigkeit vor einem halben Jahr …

Im Prinzip wanderten wir Richtung Nordosten. Wir konnten die Herberge des heutigen Abends in ungefähr vier Stunden erreichen, wenn wir einem relativ einfachen Weg über den Bergrücken folgten und dann durch ein schmales Tal gingen. Angesichts des bedrohlichen Wetters schien es das Klügste zu sein. Fritz war dafür, vielleicht weil er dachte, dass er die nächsten Nachrichten über die Tour ohnehin nicht vor unserem Eintreffen im »Rifugio Campogrosso«, erfahren würde. Die Kinder waren ebenfalls dafür und träumten schon von Knödeln mit Eintopf, der Standardkost aller *rifugi*. Aber für mich bestand der ganze Sinn und Zweck unseres Unternehmens darin, die Gipfel zu erklimmen. Wo bliebe sonst der Ruhm? Das wäre wie die Tour de France ohne Alpen, versuchte ich Fritz zu überzeugen. Wo blieb das Abenteuer? Wo das Profil des Ganzen? Und gerade diesen ersten Gipfel wollte ich bezwingen, den Carega. Denn er war es, den ich während meiner fünfzehn Jahre in Verona stets am Horizont gesehen hatte, Symbol einer jener Grenzen, die man nie überschreitet. Wenn ich auf diesen Gipfel jetzt auch noch verzichten müsste, nachdem wir schon nicht von zu Hause losgegangen waren, dann wäre dieser Trip für mich endgültig ohne jeglichen Reiz.

Unentschlossenes Zögern. Als ich hinaufschaute, verschwand der Berg in Kumuluswolken. Die Stimmen aus der Felswand tönten schwach herüber. Soletta riecht Regen, sagte Stefi. An diesem für mein Vorhaben höchst gefährlichen Punkt wurde ich von einer Schar schnatternder Schulkinder gerettet. Sie kamen auf dem Pfad vom Valle di Rivolto, vom Land der Cimbri zu uns herauf. Vielleicht dreißig Zehnjährige mit ihrer Lehrerin. Dann bogen sie in die Haarnadelkurve ein, offenbar mit der Absicht, auf den leichten Weg einzuschwenken. Michele rebellierte sofort. Unter keinen Umständen würde er neben einem Schulausflug herlaufen. Auch Stefi war entrüstet. Die Klasse hatte sie jetzt eingeholt: Ihr täglich Brot. »Zum Carega!«, brüllten sie. Als ich den mit Geröll bedeckten Steilhang in Angriff nahm, dessen Farben sich in den Wolken verloren, dachte ich: Man sehnt sich nach Ganzheit und möchte sich trotzdem von der Herde absetzen. Vor mir, auf inzwischen 1800 Metern Höhe, schaukelten Stefis Rattenschwänze. Dennoch, dachte ich, dieses Verlangen, die Dinge neu zu gestalten, und der Drang nach Ruhm scheinen sich nicht fremd zu sein. Sondern offenbar Teil desselben. Wie das? Dann bemerkte Michele, dass er unten im *rifugio* seine Mütze liegen gelassen hatte. Er fluchte und tobte mit der ohnmächtigen Verzweiflung, etwas verloren zu haben, ohne etwas auskommen zu müssen. Gerade als dies unerträglich schien, wurde der Pfad noch steiler.

Und jetzt kam die Qual mit der Karte. Diese Wanderkarten sind ehemalige Militärreliefkarten, in die irgendeine Freiwilligenorganisation Pfade eingezeichnet hat, ziemlich willkürlich und mit etwas, das im Druck wie bläulich-violetter Filzstift aussieht. Während ich mit dem Ding herumhantierte, in der feuchten Luft und über der Baumgrenze, bemerkte ich plötzlich, dass sich genau auf dem Gipfel, zu dem wir wollten, eine Lücke auftat, und zwar zwischen den Pfaden, die von unserer Seite, und denen, die von der anderen Seite kamen. Fast ein Zentimeter. Vielleicht ein Tal? Oder sogar eine Gletscherspalte? Auf jeden Fall war Gottes Körper an dieser Stelle sichtbar durchtrennt worden. Ich starrte auf die Karte. Hieß das, wir müssten umkehren und auf dem Weg absteigen, auf dem wir gekommen waren? In diesem Fall wären wir bei Einbruch der Dunkelheit von unserem Ziel weit entfernt. Und ohne Bett. So quälte ich mich die ganze Zeit, während wir alle unsere Jacken gegen den feuchten Wolkennebel hervorholten, Stefi anfing zu quengeln, sie sei hungrig und wünschte, sie sei nie mitgekommen, Fritz sie tröstete und »Energade« anbot, Michele sie hänselte und so lange von Mut redete und dem Unterschied zwischen Jungen und Mädchen, bis Stefi sich weigerte, auch nur einen Schritt weiterzugehen, und sich hinsetzte und in diesem elenden Nebel ihre Brote aß – auf nassen Steinen zwischen schroffen Berghängen und steilen Abgründen –, der Gedanke, dass ich sie in eine Falle führte, die sich als Katastrophe entpuppen könnte, sogar als tödlich. Immer musst du dich übernehmen, dachte ich. Das ist typisch für deine Besessenheit, dich behaupten zu wollen, die Dinge stur nach deinem Willen prägen zu müssen. Aber hier setzt du auch noch deine Kinder aufs Spiel. Und im allerscheußlichsten Wetter. Als wir uns nach dem Imbiss wieder aufrappelten, fühlten wir uns steif und schwerfällig. Aber in meinem Ehrgeiz, den Gipfel zu erreichen, sagte ich nichts. Beziehungsweise redete unablässig, überhäufte Stefi mit gutem Zureden, nannte sie Grattänzerin, Bergprinzessin, Gipfelstürmerin. Was soll denn Soletta dazu sagen, wenn du noch vor Michele aufgibst? Aber die Wanderung war mir jetzt verdorben, dachte ich mit wachsender Besorgnis. Wir waren vier Gestalten, die im alpinen Nebel erschlafften. Bitte, lass alles gut werden, murmelte ich, zu niemandem im Besonderen.

Oder vielleicht doch. Bergspitzen waren von jeher Sitz der Götter. Indra auf dem Meru. Zeus auf dem Olymp. Jehova auf dem Berg Sinai. In Wolken gehüllt, ist der Gipfel ein nahe liegender Ort für zwei Welten, miteinander zu verkehren. Als wir dann aus der Düsternis auf einen Vorgipfel hinaustraten, hinter uns das verschleierte Tal und vor uns eine kristallklare Landschaft, Schwindel erregend hell mit ihren Senkungen und Anhöhen und kreisenden Vögeln, war es eigentlich gar nicht so verwunderlich, dass wir eine große Madonna vorfanden. Die weißen Marmorhände im Gebet gefaltet, steht sie dort auf einem schlichten roten Winkeleisenrahmen, oberhalb eines Geröllhaufens, der von rostigem Draht zusammengehalten wird. Auf einer Tafel steht:

Aus dem Krieg heimgekehrt
Mario Cargnel
Hält seinen Eid
Leite und beschütze alle Bergsteiger
Und segne unser Verona

1950

Wenn man in Schwierigkeiten ist, bittet man anscheinend um einen Gefallen und macht ein Versprechen. Ein bisschen Geben und Nehmen zwischen Göttern und Menschen ist auf Bergkuppen immer noch vorstellbar. Was könnte ich anbieten, das die zuständigen Stellen vielleicht bewegen würde, die kleine Lücke auf der Karte zu schließen? Könnte ich den Pakt erwähnen, vielleicht schwarz auf weiß? Ein gewichtiges Wort

44

einlegen? Mich exponieren? Während also Michele jenes »Gott segne unser Verona« scherzhaft auf seinen Fußballverein bezog, der gerade ruhmreich in die Serie A aufgestiegen war, während Stefi vor Freude juchzte, weil sie ihr erstes Edelweiß gefunden hatte – oder *stella alpina*, wie die Italiener es nennen –, schwor ich einen stillen Eid, den ich hiermit einlöse: »Bitte macht, dass die Pfade zusammenlaufen. Ich werde darüber berichten.« Fast sofort senkten sich die Wolken wieder auf uns herab. Aber es war kein böses Omen. Eine halbe Stunde noch schleppten wir uns mühsam nach oben, dann standen wir auf dem Gipfel. Carega. Ein öder Kegel aus weißlichem Schiefer, auf dem ein rostiges Gipfelkreuz steht. 2238 Meter hoch. Die Pfade liefen zusammen. Vier Stunden später spielten wir auf unseren Hochbetten im »Rifugio Campogrosso« Karten. Die Kinder prahlten, unendlich stolz. Sie hatten eine enorme Etappe bewältigt, während es so aussah, als würde Indurain immer noch über eine Minute hinter dem Feld zurückliegen. Um halb acht wehte durch die Pinienholzwände ein Geruch zu uns herauf: Knödel mit Eintopf.

Kann es sein, dass bestimmte Worte auch einen Geruch ausströmen? Oder bestimmte Namen? Vor allem von Orten, an denen viel Blut vergossen wurde. Waterloo, Verdun. Und kann es sein, dass das Aroma dieser Worte in etwa dem Duft ähnelt, der zu den Göttern auf ihren Berggipfeln hinaufwehte, wenn die Opferfeuer angezündet wurden? Rohstoff metaphysischen Austauschs. Es gibt sonderbare Augenblicke, in denen Gedanken ineinander greifen, in der Dunkelheit zueinander finden und ohne die Hilfe von Logik das merkwürdige Gefühl erzeugen, dass gleich die tiefsten Geheimnisse enthüllt werden. Wie dem auch sei, ich fühlte mich in einen sehr sonderbaren Gemütszustand versetzt, als ich beim Frühstück den folgenden

Satz in meinem Bergführer las: »Zweieinhalb Jahre nahm der Kampf kein Ende: Pasubio war wie ein Altar, auf dem täglich ein Brandopfer dargebracht wurde.«

Pasubio. Wir verliefen uns, als wir von Campogrosso nach Passo Fugazze hinunterwanderten, und konnten darum unseren Aufstieg erst kurz vor Mittag beginnen. Fritz, der groß gewachsen ist und lächerlich jung aussieht, trug seine Mütze wie ein Radler, mit dem Schirm nach hinten. Um Indurain nahe zu sein? Ungefähr alle zwei Minuten musste er rülpsen, schob aber alles auf den minderwertigen Kaffee, von dem wir eine Kanne getrunken hatten. Michele kicherte und zählte die Rülpser. In einem Sonnenlicht, das sich wie leuchtendes Emaille auf jede Oberfläche legte, ging ich mit Stefi Hand in Hand, während sie mir den Unterschied zwischen Elfen und Feen erklärte. In der Wärme des Vormittags entfaltete jeder Busch sein Aroma, und als ich sie fragte, welche Worte für sie am schönsten rochen, fiel ihr als erstes *stella alpina* ein, obwohl diese Blume nicht duftet. Erst später erfuhr ich, dass die österreichischen Kaiserjäger, die oben auf dem Berg gekämpft hatten, Edelweißanstecker an ihren Mützen trugen.

In Passo Fugazze gab es ein Café, aber Fritz wollte unbedingt den Gipfel erreichen, ohne vorher Rast zu machen, weil die Kinder, wie er mir im Vertrauen sagte, es mit vollem Magen vielleicht gar nicht schaffen würden. Es waren noch über tausend Meter Höhenunterschied. »Unmöglich!«, sagte Stefi. Bedrohlich türmten sich die Hänge vor uns auf »Genau deshalb müssen wir es tun«, sagte Fritz feierlich. Michele sagte, er würde es nur versuchen, wenn Fritz seinerseits versuchte, es auf hundert Rülpser zu bringen, bevor wir oben wären. Fritz protestierte, er könne das nicht steuern.

Auf jeden Fall begannen wir den Aufstieg, mit einem rülpsenden Fritz, stoisch im Zickzackkurs, die Augen fest auf den Boden gerichtet, wo jeder Schritt über eine unglaubliche Vielfalt an Moosen und Fossilien und emsigen Ameisen und Zweigen und Blättern und Lehm und Steinen führte, bis wir um ein Uhr einen Kamm erreichten und auf die Strada degli Eroi, die Straße der Helden, stießen, die von Recoaro herauf-führte. In der plötzlichen Hitze bekamen die Kinder einen wahnsinnigen Durst, wie zweifellos auch die Soldaten, die einst vor ihnen auf diesem Pfad entlanggestapft waren.

Strada degli Eroi. Soglio dell'Incudine. Meine Karte führt nur italienische Ortsnamen auf, lässt keine teutonischen Über-lappungen zu, trotz der Tatsache, dass hier einmal Grenzgebiet war, wo die Österreicher versuchten, ein auseinander fallendes Reich zusammenzuhalten, und die Italiener davon überzeugt waren, dass das vollständige Gebiet ihrer nationalen Identität noch nicht anerkannt wurde. Während jetzt Fritz an der Reihe war, Stefi mit Lob zu überschütten, um sie zum Weiterlaufen zu bewegen, fragte ich Michele, was er über diesen Krieg wisse. »Das tapfere Corps der Alpini verteidigte Italien kühn vor den Deutschen«, sagte er. Obwohl in Wirklichkeit Italien Öster-reich angegriffen hatte. Aber wozu einen Jungen mit solch langweiligen Details behelligen? Denn von alledem, was man über Pasubio liest, überhaupt über die ganze lange Front von der Schweiz bis nach Triest, bleiben nicht die dubiosen politi-schen Ambitionen haften, nicht die hoffnungslosen Strategien, sondern ein Ekel erregender Hauch von Opferbereitschaft. Diese Männer kämpften zweieinhalb Jahre lang in einer wil-den, windgepeitschten Landschaft, hackten Schützengräben in Stein und Schnee, hausten in schwindelnder Höhe in Höhlen und Iglus, stürmten Maschinengewehrstellungen in einem Ter-rain, wo das einzige Grab ein Scherbenhaufen war. Machten sie das wirklich aus Angst vor ihren Kommandeuren? Oder waren für einige von ihnen Ruhm und Ehre ein glaubwürdiger Wert? Nachschub wurde auf Mulis herbeigeschafft, erklärte ich Michele, der im Moment selbst etwas Mulihaftes an sich hat, einen kräftigen Hintern und darüber einen Invicta-Rucksack in Leuchtfarben. Wenn Lawinen die Straßen blockierten, mussten die Soldaten verhungern.

Mein Sohn beschloss, sein Selbstwertgefühl daran festzumachen, ob er ein junges Pärchen einholen würde, das wir weiter vorn gerade eben erkennen konnten. Er marschierte los, auf diesem Pfad, der anscheinend in nur wenigen Wochen aus dem Antlitz des Felsen gesprengt worden war, mit Steinen übersät, die vom überhängenden Berg herabfallen. Im *rifugio* oben spielte Stefi, verblüfft über ihre tolle Leistung, endlos ihre vorherige Niedergeschlagenheit nach, gefolgt von ihrem Hochgefühl. »Das schaffen wir nie« – verdrießliches Gesicht, hängende Schultern – »Wir haben's geschafft!« – leuchtende Augen, ein kleiner Ausfallschritt mit Freudensprung. »Das schaffen wir nie, wir haben es geschafft!« Ich habe ein Foto von den beiden neben der Trikolore gemacht. An der Wand dahinter erinnert eine Tafel an General Grazianis berühmte Botschaft des 3. Juli 1916: »Ich würde gern jeden Einzelnen von euch umarmen, Offiziere, Feldwebel, Soldaten, tapfere Verteidiger des Monte Pasubio, damit ihr wisst, wie sehr das italienische Volk euren Opfergeist würdigt, der am 1. und 2. Juli zur Rettung dieses Landes führte.«

Eine Stunde später saß Soletta oben auf dem Dente Italiano und schaute zum Dente Austriaco hinüber. In 2200 Metern Höhe, auf einem völlig kahlen Plateau, starren sich die zwei großen Felsen feindselig an wie zwei Sphinxe. Ungefähr dreihundert Meter trennen die beiden, und Tausende von Göttern.

Keiner Seite ist es je gelungen, die andere zu besiegen. Mit seinem vor sich hin rostenden Stacheldraht und haufenweise Trümmergestein, das sich im Artilleriefeuer vom Berg löste, ist dies der ideale Ort für den modernen Menschen, sich kluge Gedanken über die Sinnlosigkeit des Kriegs zu machen. Die Kinder, endlich gesättigt, erkundeten die darunter verlaufenden Tunnel, steckten strahlende Gesichter durch Schießscharten. Auf einem Findling von der Größe eines Busses verkündet ein Schild, dass darunter unzählige Italiener begraben liegen. Die Österreicher buddelten einen Tunnel unter ihre Stellungen und packten 53 000 Kilo Sprengstoff hinein. Unberührt, hat sich der Ort seine schwermütige Aura bewahrt: von Opfern, von Schwüren, die nie eingelöst werden sollten, von vorzeitig beendeten Menschenleben, wüster Verschwendung in einer Wüste aus Stein. Aber Fritz drängte es jetzt, zu unserem nächsten *rifugio* aufzubrechen. Zum Glück fiel Micheles Blick im Gehen noch auf Soletta. Dann erzielte mein alberner Vorschlag, dass jeder weitere Rülpser eine Zehntelsekunde von Indurains Rückstand wettmachen könnte, den erwünschten Effekt. Unter Kichern und Gejohle schaffte Fritz zweihundertundzwanzig, während wir uns den langen Abstieg vom Schlachtfeld nach Lanza hinunterschleppten. Wo wir, wie sich herausstellte, unseren eigenen kleinen Krieg auszufechten hatten. Als man uns in einen der drei riesigen Schlafsäle führte, schien klar zu sein, dass wir ihn mit anderen Leuten teilen müssten. Aber wieder einmal waren wir fest entschlossen, uns von der Masse abzusondern, für uns selbst zu fechten. Jedes Mal, wenn auf dem Treppenabsatz Stimmen von Reisenden laut wurden, die auf der Suche nach einem Schlafsaal waren, brüllten wir auf Italienisch, Englisch und Deutsch: »Michele, hör auf, andauernd zu pupsen!« »Daddy, Herrgottnochmal, wie deine Socken stinken!« Unsere Front hielt. Randvoll mit Knödeln und Eintopf, schliefen wir allein.

Dann geschah etwas Seltsames. Mitten in der Nacht wachte ich auf, weil ich pinkeln musste, und stellte fest, dass der Saal pechschwarz war. Die fest geschlossenen Jalousien ließen nicht einmal den kleinsten Lichtschimmer herein. Ich kann mich nicht entsinnen, jemals eine so gewaltige Undeutlichkeit erlebt zu haben. Vollkommen ahnungslos, wo sich der Lichtschalter befinden könnte, tastete ich mich zu jenem Ort vor, von dem ich hoffte, dass er das Klo sein möge. Schließlich, wie ich zu meiner Schande gestehen muss, pisste ich in ein Waschbecken. In einem Buch, das ich mir gekauft habe – *Ein Jahr auf dem Pasubio* –, steht irgendwo: »Dann, im dichtesten Kampfgewühl, sah ich einen Alpino über den Kamm kommen, der den Kanonen trotzte, eine Gestalt mit erhobenem Gewehr, ein scharf kontrastierendes Profil im letzten Rest des Tageslichts.« Und ich weiß nicht, warum, aber als ich durch konturlose, verwirrende Dunkelheit zurücktappte, überwältigte mich plötzlich die Vorstellung dieser störrischen Figur, die in den Himmel hineingemeißelt ist und sich in wilder Verzweiflung in den Angriff stürzt. Ich dachte, wie sehr sich uns dieses Bild eines ruhmreichen Profils als Inbegriff des Heldentums eingeprägt hat. Die Männer am Strand von Iwo Jima. Achilles vor den Mauern Trojas. Und kurz vor dem Einschlafen sah ich die Verbindung, die mir am Vortag gefehlt hatte, als wir uns zum Carega aufmachten. Maximale Zurschaustellung bedeutet maximale Gefahr. Ein leuchtender Blitz, dann, nach der schrecklichen Gewalt des Augenblicks, Auslöschung. Man ist wieder eins mit dem Ganzen, dem massigen, gebrochenen Körper der Landschaft. Nur der Name und die Geste bleiben übrig und verströmen ihren eigentümlichen Duft.

»Pasubio ist berühmter geworden, als es seiner tatsächlichen Bedeutung entspricht«, bemerkt der zeitgenössische Historiker, der das Vorwort zu *Ein Jahr auf dem Pasubio* verfasste. Da Ruhm eine ausschließlich mentale Qualität ist und sich in nichts als einem Wort manifestiert, wird er tendenziell heruntergespielt oder leicht peinlich berührt betrachtet, in einer Welt, in der vorausgesetzt wird, dass Technik und ihre Komplizin Information herrschen. Die Leistung verschiedener Maschinengewehrtypen wird ernsthaft diskutiert. Und andererseits: Trotz ihrer neuen Schuhe – mit Goretex gefüttert – und all der Schokolade und mineralienhaltigen Getränke, all der Wundsalben und Blasenpflaster, weiß ich, dass die junge Stefi nie und nimmer an jenem dritten Tag den Monte Maggio erklommen hätte, wenn da nicht der Klang von ganz bestimmten Worten gewesen wäre – Grattänzerin, Gipfelstürmerin. An einem Tag, der immer heroisch sein wird, stiegen wir erst nach Campiluzzi hinauf, brachten dann einen krassen, erschöpfenden Abstieg von achthundert Metern nach Passo della Borcola hinter uns und kletterten darauf heldenhaft, zumindest für ein kleines Mädchen von acht Jahren, noch einmal eintausend Meter hinauf, hinein in Wolken und Regen, durch Geröll und freigelegte Wurzeln, über Pässe und Kämme und Schwindel erregende, wirklich Schwindel erregende Aussichten, bis hin zu den Gipfeln erst des Borcoletto und dann Coston dei Laghi, Monte Maggio. Was für Namen! Schwelle zum Anvil! Hügel der Heiligen! Stefi, der Boden unter deinen Füßen mag vielleicht hart sein, aber auf ihm schimmert der Glanz, den unsere Gedanken gesponnen haben. Namen schaffen das besser als irgendein Artilleriegeschoss. Als wir endlich, vollkommen ausgelaugt, das »Rifugio Passo Coe« erreichten, mussten wir feststellen, dass es geschlossen war. Darum schleppten wir uns noch eine Meile zum »Rifugio della Stella d'Italia« weiter, wo die Frau des *padrone* erstaunlicherweise aus Newcastle-upon-Tyne kommt und die köstlichsten englischen Kuchen backt. Die Kinder plumpsten auf weiche Betten, voller ekstatischer Vorfreude auf kommende Prahlereien. Wenn sie das ihren Freunden erzählten! Das Fernsehen hingegen berichtete, dass für Indurain alles aus war. »Nach der Tour wird er aufhören«, sagte Fritz, dem plötzlich bewusst wurde, welchen unausweichlichen Verlauf Indurains ruhmreiche Karriere jetzt nehmen würde. Und er fügte hinzu: »Ich hab mein Bestes getan.« Ich tröstete ihn auf der Terrasse mit Käsekuchen und Bier.

Auf dem Carega, an unserem ersten Tag, war unter der Madonna des Mario Cargnel eine Plakette. Darauf stand:

Madonna des Carega
Einsam – friedlich
In sanftem Sonnenlicht, in erhabener,
andächtiger Stille,
Im Tosen und Donnern des Sturms
BESCHÜTZE SIE, STEH ALL JENEN BEI,
die unermüdlich in den Bergen
den Weg des Geistes suchen

August 1971

Als wir mit der Bahn nach Hause fuhren, fragte ich mich, ob man von uns behaupten könnte, wir seien den Weg des Geistes gegangen? Unsere Wanderung bedeutete: müde Beine, Blasen, feuchte Kleidung, schwere Mahlzeiten, Biere, Coca-Cola, Pausenbrote, Schweiß, Rülpser, Kichern, Probleme mit Landkarten, Zwang. Oder wahlweise: Vollendung,

Schönheit, Hochgefühl, ein Eid, unerwartete Aussichten hinter riesigen Abhängen und die spürbare Gegenwart jener, die am Pasubio in den Abgrund gegangen waren. Oder vielleicht – weil auf den Gipfeln der Berge ein gewisser Austausch zwischen Himmel und Erde, Geist und Materie stattfindet – war es ja beides. Wie dem auch sei, als meine Frau uns am Bahnhof abholte, hatten wir viele Geschichten zu erzählen, die immer mehr Kontur bekamen, je häufiger wir sie erzählten, als die Spreu von ihnen abfiel und die Erinnerung sich anschickte, das Unwichtige zu vergessen, so wie der Schriftsteller den Essay auf sein Thema poliert. Bald würden die Fotos entwickelt und die inspirierendsten Momente eingefangen sein. Und vielleicht war es auf dem Weg, als ich die Fotos abholte, ungefähr eine Woche später – ein unglaublicher Zufall, aber wahr –, dass mein Blick auf ein kleines zerfetztes Poster fiel, das den Tod des Mario Cargnel bekannt gab. Im Alter von 81 Jahren. All seine *amici di montagna* waren zur Beerdigung geladen. Darum muss er es gewesen sein, eben derselbe Mann. Und wäre die Anzeige nicht schon ein paar Monate alt gewesen, wäre ich vielleicht wirklich zur Beerdigung gegangen. Denn sein Name hat für mich inzwischen einen ganz besonderen Duft. Nicht unbedingt den des Ruhms. Aber von der Dankbarkeit derer, die sicher heimgekehrt sind. Ohne den Wunsch zu verspüren, in einem abgelegenen Tal zu leben und Cimbro zu sprechen, die Ganzheit kann warten.

EUROPA

Im Frühjahr 1993 nahm ich an einer Busreise von Verona nach Straßburg teil, die stattfand, um dem Europäischen Parlament eine Petition zu überreichen. Meine Kollegen, die Fremdsprachenlektoren an der Universität, fühlten sich von der italienischen Regierung diskriminiert. Möglicherweise würde der Petitionsausschuss des Europäischen Parlaments einen solchen Missstand beheben können.

Etwa zwanzig Studierende begleiteten uns, vielleicht, um unsere Sache zu unterstützen, vielleicht, um einen billigen Kurzurlaub zu machen, vielleicht auch aus echtem Interesse an der Funktionsweise dieser wichtigen internationalen Institution. Meine Kollegen, hauptsächlich Männer, hatten unterschiedliche Nationalitäten, und es war nahezu jedes westeuropäische Land vertreten. Ein Kanadier war auch dabei. Die fast ausnahmslos weiblichen Studierenden stammten alle aus Italien. Im Widerspruch zu dem Vokabular, das zwangsläufig bei solchen Unternehmungen bemüht wird, wurde der Bus von manchen als »Bumskutsche« bezeichnet.

Während der Fahrt las ich *Der Staat* von Plato. Aus den Lautsprechern des leistungsstarken Radios dröhnten italienische Songs mit Refrains wie: »Du bist für mich ein Mythos«, oder: »Betet für den Frieden«, oder: »Dieses Jahr, dieses Jahr, ist dein Geruch nicht da.« Die Mädchen sangen mit. Um uns Abwechslung zu verschaffen, wurde auf den Videobildschirmen, die es im Bus ebenfalls gab, *Der Club der toten Dichter* gezeigt, in dem der überaus amerikanische Schauspieler Robin Williams seine Schüler dank der Synchronisation in akzentfreiem Italienisch auffordert, ihre langweiligen Schulbücher zu vergessen und stattdessen den Ratschlag *carpe diem* des alten Europäers Horaz zu befolgen. »Noch deutlicher kann man's den lieben Kleinen nicht sagen«, bemerkte einer meiner Kollegen.

Gegen zehn Uhr passierten wir den Gotthardtunnel und profitierten von einem weiteren Wunderwerk der modernen Technik. Aber der Verkehr war zähflüssig. Es war jene einmalige Phase der Geschichte, in der kuriose Rostlauben aus jenen Ländern, die es nie gelernt haben, so gute Autos zu bauen wie wir, die rechten Fahrspuren jeder europäischen Autobahn mit Beschlag belegten. Hinter kaputten Scheibenwischern winkten uns tschechische und polnische Fahrer zu – für sie war es immer noch eine schöne neue Welt –, und als wir eine Kaffeepause einlegten, stellte ich fest, dass die Betreiber der Raststätte das modische Verlangen nach internationaler Brüderlichkeit dreist ausnutzten, indem sie die Flaggen all der Länder gehisst hatten, deren Bürgern sie Geld abknöpfen wollten. Einem Plakat zufolge konnte man in der Raststätte in sechs verschiedenen Währungen bezahlen. Wir kauften Café au lait und Croissants, allerdings stellte sich dann heraus, dass der Kurs der Lira im Laufe des Vormittags deutlich gefallen war. Die Deutsche Bundesbank hatte nicht das getan, was alle gefordert hatten. Lang und breit wurde an den Tischen aus Granitimitat über den ungewöhnlichen Umstand diskutiert, dass in der EU dieses Mal Deutschland und nicht England der Spielverderber war, und die Studentinnen hatten das Gefühl, zu viel bezahlt zu haben.

Dann, als wir wieder im Bus saßen und durch die Schweizer Eidgenossenschaft führen, wurde mir zwischen zwei Seiten von *Der Staat* plötzlich klar, dass Plato gar nicht an das Reich der reinen Formen geglaubt hat, von dem er so oft spricht. Das Wetter war wechselhaft, mit gelegentlichen Böen und Regenschauern. Die Mädchen sangen die Songs mit, in denen es unweigerlich um die Qualen der Liebe oder die richtigen politischen Ansichten ging. Eine winkte den Trabbis zu. Eine andere beklagte sich, weil sie mit zweiundzwanzig immer noch kein *equilibrio interiore* erlangt hatte. Und nachdem ich mein Penguin-Taschenbuch zugeklappt hatte, um das in Stein gemeißelte Gesicht des Philosophen auf dem Umschlag zu betrachten, dachte ich darüber nach, dass niemand deutlicher als Plato erkannt hatte, dass die Welt ein Ort des Wandels und des Betrugs ist. Niemand hat die Fallen und Treibsände, die in der Welt lauern, die zyklischen Wechsel von Dekadenz und Revolutionen besser beschrieben als er. Wenn er also diesem Ort die endgültige Realität absprach, überlegte ich, wenn er stattdessen von einer idealen, realeren Welt hinter den Dingen sprach, dann war das bloß seine persönliche Art, seine Wut zum Ausdruck zu bringen, einen geistigen Freiraum zu schaffen, einen Ort für die Sehnsucht, die in uns allen ist: die Sehnsucht nach Ruhe, nach einem Zustand, in dem alles ein für alle Mal geregelt und festgelegt ist: unser Beruf, unsere Liebesbeziehung, unser Leben. Und mir kam der Gedanke, dass für diejenigen von uns, die heute in Italien, Deutschland oder Frankreich leben – jedoch wohl kaum für diejenigen, die in England leben –, dieser geistige Freiraum seinen Ausdruck meistens in dem Wort Europa findet, im Ideal eines gemeinsamen europäischen Hauses, in dem wir in dauerhaftem Frieden und Wohlstand leben können.

Während wir Luzern passierten, erklärte das Mädchen ohne

equilibrio interiore: »Ich hoffe, ich werde dies Problem lösen, ehe ich fünfundzwanzig bin.« Wie sollte sie mit über fünfundzwanzig ohne *equilibrio interiore* weiterleben? »Ich bin auf der Suche«, sagte sie. Daraufhin entspann sich eine Diskussion über die mögliche Bedeutung des Ausdrucks »auf der Suche sein«. Nach was wurde gesucht? Wo und wie? Diese Fragen wurden nicht abschließend beantwortet. Allerdings kam einer meiner Kollegen zu dem Schluss, dass wir beständig alle möglichen Ausdrücke benutzen, die ein bestimmtes Verhalten nahe legen, das sich bei näherer Betrachtung jedoch als nicht praktikabel erweist. Eine Art verbale Alchemie, sagte er, vermutlich in dem Bestreben, ein Mädchen zu beeindrucken, deren Anziehungskraft weitaus mehr auf ihrer Physis als auf ihren Ängsten beruhte. Und ich dachte daran, dass in *Der Staat* nichts anderes als ein undurchführbares Projekt dargelegt wird, da Plato sich in dem Buch ausschließlich der Schaffung komplizierter gesellschaftlicher und politischer Mechanismen zur Realisierung eines Zustands der Ruhe und der Vollkommenheit widmet, der, wie er wusste und im Text sogar feststellt, nicht realisierbar ist. Wozu das, fragte ich mich. Wieso beschrieb er dieses Projekt, wenn er sich gleichzeitig über dessen Sinnlosigkeit im Klaren war? Aus dem Busfenster fiel mein Blick auf eine im nachmittäglichen Regen surrealistisch wirkende Gegend voller krakeliger Neonschriften. Im Radio lief »Du bist für mich ein Mythos«. Nach dem Eintreffen in unserem Vorstadthotel stellten wir fest, dass die Lira gegenüber dem französischen Franc über fünf Prozent ihres Werts verloren hatte. Die Reisekosten würden neu berechnet werden müssen. Es wurde lange diskutiert, wer sich mit wem ein Zimmer teilen würde …

Bei der Darstellung unseres Falls sei große Umsicht geboten, verkündete der Rechtsanwalt, der mitgekommen war, um uns zu beraten. Er erhob sich von seinem Platz an dem langen Holztisch in einem jener deutschen Wirtshäuser, in denen die Gäste genötigt sind, Ellbogen an Ellbogen nebeneinander zu sitzen, so als sei körperliche Nähe zu Fremden das Angenehmste von der Welt. Denn Straßburg ist, wie sich herausstellte, zu gleichen Teilen deutsch und französisch, eine typische Grenzstadt, in der sich zwei Kulturen beäugen und versuchen, sich von der jeweils anderen nicht übermäßig beeinflussen zu lassen. Im vollen Bewusstsein des Wechselkurses aßen wir Knödel und Schweinefleisch in Brühe, und der Anwalt sagte, es gehe darum, dass wir, als Ausländer, nach *italienischem* Gesetz zweifellos diskriminiert würden, was nach europäischem Gesetz verboten sei, dass jedoch das Verhalten des italienischen Staats uns gegenüber (die Weigerung, mit uns unbefristete Arbeitsverträge abzuschließen) *nach den nationalen Gesetzen jedes anderen Mitgliedsstaats vollkommen legal* sei, denn die Gesetze in den anderen Ländern seien weniger arbeitnehmerfreundlich. Von Kanada ganz zu schweigen, sagte der Kanadier.

Deshalb sei es notwendig, erklärte der Anwalt, obwohl einige der Studentinnen und sogar ein oder zwei meiner Kollegen an seinen Ausführungen bereits das Interesse verloren hatten, eine zweigleisige Strategie zu verfolgen. Gegenüber den juristisch nicht versierten Parlamentariern, mit denen wir zusammentreffen würden, müssten wir die moralische und emotionale Seite der Angelegenheit hervorheben: Bei unserem Kampf gehe es um Gleichheit und Menschenwürde. Den Mitgliedern des Petitionsausschusses wiederum müssten wir eine präzise, juristisch fundierte Darstellung unserer Situation liefern, denn diese Leute wären, überarbeitet wie sie waren, nur allzu froh über einen Formfehler, der sie von der Verpflichtung befreien würde, uns zu unterstützen.

Daraufhin entspann sich, zumindest unter den vier oder fünf Personen, die die Sache ernst nahmen, eine hitzige Diskussion darüber, wie sich diese Strategie am Besten umsetzen ließe. Jemand meinte, es wäre bestimmt kein Fehler, die MdEPs an die Prinzipien »Liberté, Egalité, Fraternité« zu erinnern, auf denen alle westlichen Demokratien und insbesondere das Vorhaben eines geeinten Europa basierten. Jemand stieß eine Karaffe mit billigem Wein um. Ich hingegen registrierte fasziniert, dass sich auch hier derselbe Gegensatz zeigte, der Platos Staat beherrscht: der zwischen Idee und Ausführung, zwischen der Vision von einem Staat, in dem jeder Gerechte automatisch glücklich war, und den ungeheuer komplexen und genau genommen inpraktikablen Mechanismen, die notwendig sind, um dieses Gebilde zu erschaffen. Und als der Anwalt sagte, wir dürften uns unter keinen Umständen auf eine Diskussion über die Tatsache einlassen, dass wir nach den Gesetzen anderer europäischer Länder keinen Grund zur Beschwerde hätten, fiel mir Sokrates' Warnung ein, dass »niemand etwas wissen darf, wenn wir vor Zwietracht bewahrt werden sollen«.

Als wir anschließend auf dem Platz vor dem Münster auf unseren Bus warteten, fingen die Studentinnen an zu tanzen und zu singen. Dies war der Platz, auf dem, wie Nodier erzählt, Eulogius Schneider, ein ehemaliger Mönch, der zum Revolutionär geworden war, auf Befehl von Saint-Just guillotiniert wurde, weil er ein Mädchen gezwungen hatte, ihn zu heiraten, indem er drohte, andernfalls ihre gesamte Familie hinrichten zu lassen. Zumindest behauptete das meine französische Kollegin, eine frisch geschiedene Mittvierzigerin. Sie wollte weg von der Universität, erklärte sie. Sie hatte die Nase voll. Und während wir zuschauten, wie die Studentinnen tanzten und einige unserer Kollegen dabei mitmachten, sagte sie, sie nähme an einem Wettbewerb teil, für den sie eine mögliche Verfassung des vereinten Europa entwerfen musste. Als Preis winkte ein Stipendium für einen einjährigen Forschungsaufenthalt in Brüssel. Wir bewunderten die in Flutlicht getauchte Fassade des Münsters, den schönen öffentlichen Platz, auf dem früher die Guillotine gestanden hatte, und meine Kollegin erzählte, eine der Richtlinien des Wettbewerbs sei, dass die Verfassung die Akzeptanz gemeinsam wahrgenommener Souveränitätsrechte und das Gefühl einer europäischen Identität fördern solle. Ich wünschte ihr viel Glück, fragte mich jedoch, ob der Ausdruck »gemeinsam wahrgenommene Souveränitätsrechte« nicht ein Paradox sei.

Nachdem uns der Bus zum Hotel zurückgebracht hatte, wollte der harte Kern unserer Gruppe vor dem Zubettgehen noch in eine Kneipe gehen. Der missmutige Hotelbesitzer lieferte eine Wegbeschreibung, die niemand verstand. Unterwegs sang jemand unter seinem Regenschirm ein irisches Lied über den Verrat der Engländer. Die italienischen Mädchen versuchten den Text zu lernen. Wir lachten und verliefen uns. Einige von uns verfluchten den französischen Hotelbesitzer im Besonderen und die Franzosen im Allgemeinen. Der holländische Kollege und die griechische Kollegin setzten sich von der Gruppe ab, denn sie schienen ein Auge aufeinander geworfen zu haben. Da wir wild entschlossen waren, an diesem Abend irgendetwas Denkwürdiges zu erleben, überredeten wir, als wir gegen halb zwölf wieder im Hotel ankamen, den Besitzer, seine Bar noch einmal aufzumachen und uns ein großes Sortiment an Euroschnaps zu verkaufen: Pernod, Grappa, Whisky. Die italienischen Mädchen schlugen vor, auf Europa anzustoßen. Mit leiser Stimme fragte ich einen der Initiatoren der Reise, ob er wirklich an die Idee eines vereinten Europa glaube oder ob er die europäischen Institutionen bloß benutzen wollte, um auf unsere italienischen Arbeitgeber Druck auszuüben, quasi als Waffe in einem Kampf. Mit überraschendem Eifer antwortete er, dass er natürlich nicht an ein vereintes Europa glaube. Ihm sei es scheißegal, was aus einem Europa würde, das von der Deutschen Bundesbank regiert werde, die nach Lust und Laune ihre Zinssätze hob und senkte. »Weiß der Himmel, was die Lira morgen wert sein wird«, sagte er, und nachdem er sein Glas in einem Zug geleert hatte, fügte er ziemlich laut hinzu, dass er das Wort Europa nie wieder in den Mund nehmen werde, falls der Petitionsausschuss oder der Europäische Gerichtshof gegen uns entscheiden würde. Diese Bemerkung wurde mit fröhlichen Prositrufen quittiert. Aber eines der italienischen Mädchen widersprach. Sie sagte, ein vereintes Europa sei unsere einzige Hoffnung, die Europäische Gemeinschaft die einzige Chance, nicht in einen weiteren Weltkrieg hineingezogen zu werden und dem amerikanischen und dem asiatischen Machtblock Paroli bieten zu können. Darauf folgte eine hitzige, gelegentlich ins Alberne abgleitende Debatte rund um einen Tisch voller Gläser, Flaschen und überquellender Aschenbecher. Mir fiel ein, dass Plato Sokrates dafür bewundert hatte, dass er auch in stark alkoholisiertem Zustand noch sehr präzise argumentieren konnte. Aber unser Beisammensein geriet zu einer eher konfusen Angelegenheit. Die Angelsachsen beschwerten sich über den Grappa, und alle außer den Galliern misstrauten dem Pernod. Whisky und Englisch waren die *lingua franca,* und an diese beiden hielt ich mich, bis der französische Hotelbesitzer nach unten in die Lobby kam, um sich über den Krach zu beschweren, was mich an die Nationen erinnerte, die Waffen verkaufen, aber nicht hören wollen, wie sie explodieren.

Mit einem schweren Kater sah ich am nächsten Morgen das Europäische Parlament. Das Gebäude, das die demokratisch gewählte Versammlung der Gemeinschaft, den Grundstein für die künftige politische Einheit, beherbergt, liegt außerhalb der Stadt auf einem künstlichen Hügel und bildet einen abstrakten Raum. Davor befindet sich eine gepflasterte Esplanade mit einer Reihe von Fahnenmasten, an denen Länderflaggen ohne erkennbare Ordnung hängen, vermutlich deshalb, weil kein Land durch die Andeutung einer Hierarchie gekränkt werden soll. Ein Großteil unserer Werte, dachte ich trotz meines wirklich üblen Katers, hat mit dem Bestreben zu tun, Kränkungen durch unverhohlene Anspielungen auf das, was unserer Überzeugung nach entscheidend ist, zu vermeiden. Als ob Belgien und Portugal denselben Einfluss wie Frankreich und Deutschland hätten! Die Studentinnen liefen hin und her, um sich gegenseitig vor den Flaggen zu fotografieren, während die holländisch-griechische Fraktion sich abknutschte. Ein Großteil unserer Werte hat nicht nur mit dem Verzicht auf die Demonstration unserer eigenen Macht zu tun, dachte ich, sondern auch mit der Ablehnung von Machtdemonstrationen im Allgemeinen. Sogar die Idee, Europäer zu sein, hat mehr mit der Ablehnung von Nationalismus zu tun als mit der Formulierung einer neuen Identität. »Wir Deutsche werden uns in einem vereinten Europa sicherer vor uns selbst fühlen«, hatte mir einer meiner Kollegen gestern Abend erklärt, während er mit dem Appetit eines Menschen, der sich freut, wieder seine heimatliche Küche genießen zu dürfen, Knödel verspeiste.

Aber nun war es an der Zeit, hineinzugehen und unsere Petition zu überreichen. Als wir uns vor dem Haupteingang drängten und auf die Verteilung der Zutrittspässe warteten, wurden sowohl die Lektoren als auch die Studentinnen von großer Ehrfurcht ergriffen, wie Pilger oder Bittsteller, wenn sie bei ihrem Heiligtum angelangt sind. Das massige Parlamentsgebäude ragte über uns auf, hohe Glasfronten gaben den Blick auf die Kombination aus poliertem Holz, Stein und Wandreliefs frei, die zugleich Macht, Luxus und Idealismus ausdrückte. Und vermutlich aus demselben Grund, aus dem die Flaggen draußen in keiner bestimmten Ordnung gehisst sind, ist das Parlamentsgebäude selber kreisrund, denn keine Nation soll das Gefühl haben, in eine Ecke abgeschoben worden zu sein. Während wir über dicken Teppichboden und poliertes Holz trotteten, erklärte uns die Sekretärin, die uns im Namen des stellvertretenden Vorsitzenden des Petitionsausschusses begrüßt hatte, dass wir uns in die linke Hemisphäre begeben müssten. Man benutzte in Bezug auf das Gebäude die Begriffe »linke Hemisphäre« und »rechte Hemisphäre«. Als sie unser Staunen über die Eleganz der Innenausstattung bemerkte, sagte sie lachend, dass böswillige Zungen das Parlament als das vornehmste Bordell der Welt bezeichneten.

Was dann folgte, war eher eine Antiklimax. Der Mittelpunkt der Macht erwies sich als wenig prägnanter Ort. In dem riesigen Saal, in dem Dolmetscher aus erhöht angebrachten Glaskabinen herunterschauten, bereit, alles, was gesagt wurde, in eine Vielzahl von Sprachen zu übertragen, präsentierten unsere Vertreter unser Anliegen einer sehr kleinen Gruppe von Menschen, die hauptsächlich aus den von uns mitgebrachten Studentinnen bestand. Immerhin tauchte ein gutes Dutzend Parlamentarier auf, und zwei von ihnen gehörten sogar dem Petitionsausschuss an. Lautsprecheranlage und Akustik waren ausgezeichnet. Meine Kopfschmerzen ließen nicht nach. Ein Abgeordneter, der eine italienische Oppositionspartei vertrat, sagte, wenn seine Leute an die Macht kämen, würden solche Ungerechtigkeiten, wie wir sie erdulden müssten, der Vergangenheit angehören. Denn es sei ihm peinlich, sein Land andauernd auf der Anklagebank vorzufinden. Ich fand es sonderbar, dass Nationalstolz neuerdings auch davon abhängt, in welchem Umfang man nationale Interessen opfert. Zu Gunsten der Gemeinschaft.

Beim Mittagessen in einer sterilen Kantine erfreute uns die Sekretärin des stellvertretenden Vorsitzenden mit amüsanten Geschichten. Sie erläuterte, dass die Parlamentarier jeweils drei Wochen lang in Brüssel tagten und dann eine Woche lang in Straßburg. Lachend erwähnte sie die zwölf schweren Lastwagen, die jeden Monat bis obenhin voll mit Dokumenten und Archivmaterial von Brüssel nach Straßburg fuhren, nur um eine Woche später alles wieder zurückzutransportieren. Sie erzählte uns, wie schwierig es sei, in beiden Städten gleichzeitig etwa tausend Zimmer, die alle einen bestimmten Qualitätsstandard erfüllen mussten, für die gewählten Abgeordneten und ihre Mitarbeiter bereitzuhalten. Dann sprach sie sehr charmant über die sexuellen Eskapaden der Politiker. Einige Leute behaupteten, die Parlamentarier würden nur deshalb einmal im Monat nach Straßburg umziehen, damit die Herren ihre Brüsseler Mätressen eine Woche lang los waren. Alle lachten und waren neidisch, und ich erinnerte mich an die Stelle in Platos *Der Staat,* an der Sokrates vorschlägt, den Männern, die sich im öffentlichen Leben besonders hervortaten, zur Belohnung die Erlaubnis zu geben, mit einer größeren Anzahl von Frauen zu schlafen. Dadurch würde erreicht, dass mehr Kinder mit besserem Charakter geboren wurden. Woraufhin Glaukon in einer Übersetzung aus dem zwanzigsten Jahrhundert »Recht so« entgegnet.

Nachdem wir den Nachmittag über bei einzelnen Parlamentariern Lobbyarbeit betrieben hatten, betranken wir uns abends erneut und gratulierten uns dazu, viel erreicht zu haben. Unsere Jobs waren jetzt zweifellos sicherer als noch vierundzwanzig Stunden zuvor. Und außerdem hatten die internationalen Devisenmärkte der Lira eine Atempause gewährt. Ein schottischer Kollege spielte Dudelsack, und die Studentinnen tanzten wieder einmal. Sogar der französische Hotelbesitzer wirkte recht gut gelaunt. Am folgenden Vormittag schlug ich dann, auf der Rückfahrt im Bus, Platos *Der Staat* wieder auf und las die letzten Kapitel, in denen es um die Rolle der Kunst in der Gesellschaft geht. Die Dichter würden aus dem idealen Staat verbannt werden müssen, erfuhr ich, denn auf Grund ihres Bedürfnisses, das Publikum zu unterhalten, würden sie stets die niederen Gefühle ansprechen, skandalöse Szenen schildern, und das würde die Leute wohl kaum dazu ermuntern, sich um eine tugendhafte, von hehren politischen Zielen geleitete Lebensweise zu bemühen, eine Lebensweise, die in der poetischen Darstellung leider meistens ziemlich langweilig wirkt. Meint Sokrates. Meint Plato. Und da war etwas dran, fand ich. Denn obwohl ich mich noch nie zu Poesie aufgeschwungen habe, entspricht die Darstellung des alten Griechen genau meinem eigenen antiutopischen Ansatz. Von Schriftstellern kann man kaum erwarten, dass sie in ihren Romanen politische Ideale vertreten, dachte ich. Letztendlich war mir in Bezug auf die Reise und das Europäische Parlament primär die Eigennützigkeit ersterer und die schaurige Absurdität des letzteren aufgefallen. Aber Moment mal: Wenn man der Europäischen Gemeinschaft gegenüber so wohlmeinend wie nur möglich sein wollte, was könnte man dann, ohne zu lügen, sagen?

Ich bin in Großbritannien geboren. In Manchester. Seit zwanzig Jahren lebe ich überwiegend in Italien. Zum Teil fühle ich mich immer noch als Engländer. Beispielsweise drücke ich englischen Fußballmannschaften die Daumen und trinke lieber Boddingtons Bitter als Peroni. Und zum Teil fühle ich mich als Italiener. Italien bedeutet für mich Zuhause, Arbeit, Frau und Kinder. Als Europäer habe ich mich noch nie gefühlt. Und das macht mir Sorgen. Ich frage mich oft, ob es nicht besser wäre, wenn ich mich als Europäer fühlen könnte, ähnlich wie ich mir als Kind gewünscht habe, ich könnte an Gott glauben. Und jetzt fällt mir wieder ein, dass ich beim Besuch des Europäischen Parlaments die Sekretärin des stellvertretenden Vorsitzenden des Petitionsausschusses gefragt habe, ob es in dem Gebäude eine Kapelle gäbe. Vielleicht wollte ich, da mein Vater Geistlicher war, meinem Skeptizismus frönen, indem ich mir anschaute, wie man das Problem gelöst hatte, den Protestantismus mit dem Katholizismus zu versöhnen. Es gab keine Kapelle. Aber es gab einen »Meditationsraum« sagte mir die Sekretärin. Ich ging dorthin. Es war ein kleines Zimmer mit blauem Teppichboden und weich gepolsterten Bänken. Er hatte keine Fenster. Eine Wand wurde von einer Buntglasscheibe mit einem abstrakten Motiv bedeckt, das mich an die vielfache Vergrößerung einer Bakterie unter einem Mikroskop erinnerte. An einer Seite stand auf einem flachen Podest ein sonderbarer Quader aus weißem Laminat und glänzendem Plexiglas, der offenbar unverzichtbar war, um dem Zimmer einen Mittelpunkt zu geben, aber auf gar keinen Fall an einen Altar, ein Lesepult oder eine Kanzel erinnern sollte. Und mir kam es dort im Meditationsraum, im Herzen unserer neuen Gemeinschaft, so vor, als könne man in einem solchen Raum einzig und allein darüber meditieren, wie sehr er sich von einer Kapelle unterschied, wie apologetisch und amorph er war. Genau wie ich beim Anblick des Durcheinanders der Flaggen vor dem Gebäude nur an das Ablegen alter Nationalitäten und nicht an die Verkündung von etwas Neuem dachte.

Vielleicht sind wir in Europa heutzutage in dem Umfang Europäer, in dem wir uns als Europäer fühlen wollen und es nicht schaffen. Wir schaffen es nicht, begeistert zu sein. Uns ist bewusst, dass unsere Gemeinschaft als letzter Ausweg entstanden ist, aus den Trümmern eines ganz und gar nicht gewöhnlichen Kriegs, aus einem zu großen Wissen heraus. Im Gegensatz zu den Vereinigten Staaten von Amerika wird unserer Projekt nicht von einem dionysischen Geist, nicht von Fundamentalismus geleitet. Noch nicht mal von Euphorie. Nach dem Karneval des Nationalismus im neunzehnten Jahrhundert und dem Albtraum der Gemetzel des zwanzigsten Jahrhunderts bewegt sich dieses neue Gebilde zögernd und im Zickzackkurs von einem Kompromiss zum nächsten. Die Rhetorik, der man sich dabei bedient, wirkt beinahe vorsätzlich hohl. Und darin liegt die Stärke der Europäischen Gemeinschaft. Niemand wird sie in einen Kreuzzug umfunktionieren, auch wenn alle befürchten, sie zu brauchen. Sie dehnt sich nicht durch Angriff, sondern durch Kapitulation aus, durch das Aufgeben – von Seiten jedes neuen Mitglieds – des Wahns vom nationalen Schicksal, der die Vergangenheit unserer Länder geprägt hat. Und durch eine Art trägen ökonomischen Opportunismus. Unsere Nachbarstaaten werfen einer nach dem anderen das Handtuch und schließen sich uns an. Als ein Projekt, das in schlimmster Katerstimmung aus der Taufe gehoben wurde, stellt sich Europa jedem neuen Tag mit der Erkenntnis des Morgens danach und ist fest entschlossen, nie wieder harte Getränke anzurühren. Daher müssen wir einerseits wohl akzeptieren, dass es uns niemals zu Begeisterungsstürmen verleiten wird, aber andererseits wird man uns vermutlich auch nicht auffordern, für seine Flagge zu sterben.

Vielleicht ist keine Gruppe von Menschen je so wahrhaft europäisch gewesen wie jene verkaterte Reisegesellschaft aus Lektoren und Studentinnen, die vor zwei Jahren aus Straßburg zurückkehrte. Meine Kopfschmerzen zwangen mich irgendwann, Platos *Der Staat* beiseite zu legen. Ich beobachtete, wie die italienischen Mädchen versuchten, eine bequeme Schlafposition zu finden, und meine Kollegen zwanglos miteinander plauderten. Wir waren einander wohlgesonnen, so schien es, zumindest in Maßen. Allerdings war das Unternehmen »Bumskutsche«, wie ich fand, eine weitere Utopie gewesen, die uns böse enttäuscht hatte.

REIFE

»Das da ist kein Land für alte Männer«, schrieb Yeats. Ich befinde mich im Zimmer meiner Töchter. Ungefähr einmal im Monat, an einem Sonntagvormittag, ordne ich eine Aufräumaktion an. Man muss mit großem Schwung beginnen, und selbst dann besteht nur geringe Hoffnung, dass man fertig wird. Die Spielzeugkisten unter dem Hochbett. Der Verhau unter dem Kinderbett. Der große Weidenkorb, der geöffnet werden muss, vorausgesetzt, man kann je den Kram sortieren, der obendrauf liegt. Regalbretter ächzen unter einer fürchterlichen Promiskuität von Zetteln und Büchern und Bleistiften und Puppen und Bauklötzen und Plastikchips und Spielkarten und – oh, hier ist einer von Barbies Skistiefeln und hier die Piratenmütze! Ob ich versuchen soll, den Schnabel des Pterodaktylus wieder anzukleben? »Stefi? Stefi!« Aber meine Tochter ist gerade dabei, Gegenstände aus dem Papierkorb zu fischen. »Nicht meine Zeichnung vom Glöckner von Notre-Dame, Papa! Nicht den Kleine-Meerjungfrau-Katalog!«

Es war natürlich das körperliche Verlangen, worauf Yeats anspielte. Es wird eine Zeit kommen, da es nicht mehr angebracht ist. Nicht dass ich dieses Stadium schon erreicht hätte, aber die Kinder helfen einem durchaus, dass man viel zu früh eine Vorahnung davon bekommt ... »Meins!« Die kleine Lucy ist dazugekommen und zerrt am Bein eines Pferdchens. Stefi sieht das anders. Der Hamster scharrt, wenn man gegen seinen

Käfig stößt. »Kinder, Kassetten auf den linken Stapel, Bücher auf den Stapel in der Mitte, Puppenkleider in die Plastikbox. Legoteile...« Ich schaue auf und sehe, wie mein Sohn grinsend im Türrahmen lehnt. »Du bist prähistorisch, Papa«, sagt er. Das ist das übliche Vorgeplänkel, wenn er Geld von mir will. Er möchte angeln gehen. »Die Lachsschnellen«, mir fällt wieder Yeats ein, »die makrelenwimmelnden Meere.« »Du knallst allmählich durch«, teilt er mir mit, »mach mal Pause.«

Ich muss wohl ungefähr dreizehn oder vierzehn gewesen sein, als ich anfing, Mitleid mit meinen Eltern zu haben. Es war eine neue Leidenschaft, die von mir mit Macht Besitz ergriff. Mein Vater ging dazu über, nach dem Mittagessen ein Nickerchen zu halten. In seinen Sessel gestreckt, legte er sein Beffchen ab und lockerte den Hosenbund. Seitdem sie Thrombose im Bein hatte, war meine Mutter auf Diät gegangen. Schmerzen in der Schulter verkündeten das Wetter, das uns ereilen würde. Abgesehen von ihren kirchlichen Verpflichtungen gingen die beiden abends selten aus. Er las seine Bibelkommentare, sie strickte. Schlag halb elf gähnten sie schon über ihrer heißen Schokolade.

Mir erschien diese Trägheit unverzeihlich melancholisch, und ich nahm sie ihnen übel. Leben musste Trubel sein und Begierde. Leben dürstete nach Leben. Nicht nur nach Bier und möglichst auch Mädchen, mit denen man lachen konnte, und nach den Zigaretten der Älteren, sondern auch nach Büchern und Musik. Ich las wie ich aß: unersättlich. Aber nicht in Hörweite der klappernden Stricknadeln meiner Mutter. Sie waren die Uhr, die vergeudete Zeit anzeigte. Nie wäre ich auf die Idee gekommen, dass hinter ihrer konzentriert gerunzelten Stirn vielleicht mehr vorging als in allen geschäftigen Kneipen von North Finchley zusammen.

Nun tut sich derselbe Abgrund zwischen mir und meinem Sohn auf, der zweifellos glaubt, dass ich in diesem Moment lediglich abwäge, ob ich geizig sein soll oder nicht. Es liegt eine selbstgefällige Pausbäckigkeit auf dieser zwölf Jahre alten Haut, eine strahlende, unbefangene Zuversicht. »Raus mit dem Zaster«, fordert er. Meine eigene Haut fühlt sich in letzter Zeit unter der morgendlichen Rasur schlaffer an, während sie sich über der Schädeldecke ein wenig spannt. Schon gibt es Abende, an denen er länger aufbleibt als ich. Als ich ihm einen Geldschein gebe, geht mir eine Geste durch den Kopf, die ihm schwerlich einfallen würde: die Weitergabe des Stabs. Und gleichzeitig noch etwas: dass man mit derlei Gedanken kompensiert. Das ist nicht das direkte, einfache Leben, sondern eine Vitalität, die sich in der Reflexion genießt, sein geschäftiges Gewusel mit Jacke und Angelzeug, einen Augenblick lang festgehalten in der Pupille meiner nicht mehr ganz so blauen Augen. Dann meine Reflexion dieser Reflexion.

Stefi sortiert ein großes Durcheinander von Büchern. Lucys kommen in derart unterschiedlichen Größen und Formen daher, dass sich das Einordnen problematisch gestaltet: Bilder von Teddybären zwischen Comicfiguren, Rotkäppchen vor seiner Reise den Verdauungstrakt hinunter. Alle Heimsuchungen und Fantasien sind hier körperlich geworden, als nähme das Gehirn deren Schrecklichkeit erst wahr, wenn sie sich in der bösen Hexe manifestieren, deren Besenstiel man mit den Fingerspitzen berühren und dabei fühlen kann, wie rau und drahtig er ist. In Stefis etwas gemäßigteren Bänden beschränkt man sich auf eine Strichzeichnung, die vielleicht am Anfang oder Ende eines Kapitels auftaucht. Ihr Lieblingsbuch ist zur Zeit *Der kleine Hobbit,* in dem ein Kerl in den mittleren Jahren überredet wird, zu tun, als sei er jung und spritzig. Und natürlich soll er einen Drachen töten. Auch wenn mein Sohn nicht ganz so unersättlich liest wie ich damals, ähnelt sein Lesehunger immer noch jenem, mit dem ich mich vor den klappernden Stricknadeln meiner Mutter zurückzog. Nicht mehr Hexen und Kobolde, sondern Abenteuer aus dem richtigen Leben haben es ihm angetan. In seiner Jackentasche steckt ein Exemplar von *Flug durch die Hölle*. Kampfpiloten in Vietnam donnern über schmale Flussläufe, während er darauf wartet, dass die Forellen beißen. Wo über den Krieg reflektiert wird, so erzählt er mir, blättert er einfach weiter, genau wie ich einst wohl etwa die Hälfte von *Jahrmarkt der Eitelkeiten* überblättert habe. Aber heute Morgen erfuhr ich aus der Post, dass ein amerikanischer Verlag meinen letzten Roman als »zu innerlich« abgelehnt hat. »Es spielt sich alles nur in Gedanken ab«, beschwerte man sich.

Vielleicht überrascht es nicht, dass eine Kultur, die sich der Jugendlichkeit verschrieben hat, mit einer wahren Explosion von ellenlangen und ungemein detaillierten Romanen begann: Thackerey, Dickens, Eliot. Junge Leute, die sich in den Armen liegen. Raserei und Sumpf menschlicher Leidenschaften. Der Plot ist das nächstliegende Futter für den Lesehunger. Wie junge Männer auch nur die nächstliegenden Qualitäten bei einem Mädchen sehen, so ist auch das Ende des Romans stets das nächstliegende. Und selbst diese großen Werke werden jetzt gekürzt. »Wo ist die zweite Kassette von *Große Erwartungen,* Stef?« »Es gibt nur eine, Papa! Es ist ja keine lange Geschichte.«

Wir versuchen gerade, die Kassetten ihren Hüllen zuzuordnen. Sherlock muss jetzt auf einen Großteil von Watsons Bewunderung verzichten. Pu dem Bär und Ferkel bleiben selbst Christopher Robins zärtliche Leutseligkeit erspart. Pinocchio hat sein Pathos verloren. Es ist, als würden die niedlichen Possen eines Kleinkinds nie vom Auge seiner Mutter aufgefangen oder als könnte meine Tochter ihr Haar flechten, ohne dass ich ihr je dabei zusähe und darüber sinnierte. Gegenwart ohne jede Vergangenheit oder Zukunft. Das Provinzielle des Unmittelbaren. Wenn einmal zwei Vögel im vedischen Lebensbaum saßen und der eine fraß, während ihm der andere beim Fressen zuschaute, dann sind heutzutage beide vollauf damit beschäftigt, die Pflanze leerzupicken.

Wie lange währt Stefis Aufmerksamkeitsspanne? Immer wieder lässt sie sich ablenken. Ist das nicht eine tolle Zeichnung! Mama und Papa als Königin und König. Wie funktioniert dieses Puzzle noch mal? Sie überfliegt die Seiten von *Die drei Musketiere*. Kostet dann einen Augenblick gerechten Zorns aus, weil Lucy wieder alle Puppen auszieht und die Kleider in die Luft wirft. »Unsere schöne Arbeit!«, stöhnt sie. Und sagt dann stolz: »Weißt du, ich bekomme schon Haare unter den Achseln, Papa. Bald bin ich eine Frau.« Kinder brennen natürlich darauf, erwachsen zu werden, denke ich, während ich die Wachsfarben und die Filzstifte sortiere, aber bei ihnen ist dieser Wunsch sauber getrennt von der Vorstellung des Alterns. Nie werden sie älter sein als fünfundzwanzig, denke ich, während ich Ken und Barbie nebeneinander vor das Goldfischglas setze. Danach wird alles um sie herum sie animieren, in diesem idealen Alter zu verharren. Reflexion wird nicht ermutigt, reflektiere ich. Das Vorwort zur einzigen Ausgabe von Chateaubriands *Memoires d'outre-tomb,* die ich finden kann, teilt mir mit, man habe alle »Meditationen des Autors über das Los der Menschheit« herausgestrichen. Übrig blieben: »Tatsachenberichte, Beschreibungen von Menschen und Häusern und Palästen, Dialoge.« So wird klar, was für ein moderner Schriftsteller er war. Fast ein Kinderbuchautor.

Unsere Kultur hegt eine unversöhnliche Aversion gegen das Alter, eine Aversion, die weit über eine Ablehnung der Hässlichkeit und Gebrechlichkeit hinausgeht, über den bloßen Egoismus, keine Zeit für hinfällig werdende Eltern zu haben, über die verständliche Eitelkeit, die versucht, Haarausfall rückgängig zu machen oder einen hängenden Busen liften zu lassen, sogar über die Angst vor dem Tod. Die Menschen scheinen zu akzeptieren, dass sie sterben müssen, lehnen aber die Vorstellung des Alterns ab. Dabei ist der Prozess längst im Gange. Schon muss man aufpassen, was man isst. Schon liebt man junge Frauen, ohne in irgendeine bestimmte verliebt zu sein. Plötzlich ist mein Appetit nicht mehr, was er einmal war, beziehungsweise ein anderer, aber dann wird er mir zum potenziellen Feind. Eine Zäsur findet statt. Muss ich mich entscheiden, auf welcher Seite ich bleibe? Wie geht es jetzt weiter? Sich dem Appetit ergeben oder ihm abschwören. In »dem Land da« bleiben oder meine Koffer packen, um für einen möglichen Aufbruch gerüstet zu sein? Wohin? Über das Meer fahren mit Yeats und die »heilige Stadt Byzanz« erreichen, Stadt der Kunst und des Intellekts? Aus gehämmertem Gold und goldener Emaille. Was für eine Reise wäre das? Bleib jung, sagt mir das Vorurteil meiner Kultur. Schau dich doch um.

Lucy ist in eine Trance gefallen. Die Sonne ist weitergewandert, und das kleine Mädchen sitzt da und starrt einen Lichtstrahl an, mit erhobenen Händen, leise gurrend. Mir ist aufgefallen, dass Kinder das tun, bis sie ungefähr drei sind. Als stünden sie wie ein Medium immer noch mit etwas in Kontakt, das vorher war, etwas Jenseitigem. Dann aber werden sie von der konkreten Welt überwältigt: von grellbuntem Spielzeug und Klimpermusik. Fische, Vieh und Vögel. Stefi hat sich weg-geschlichen. Nicht, dass sie eine große Hilfe gewesen wäre. Ich höre ihr Springseil auf den Boden der Terrasse klatschen. Als sich ein Buckel unter dem Teppich als ein Buch mit dem Titel *Shakespeares Geschichten* entpuppt, erinnere ich mich plötzlich, dass der erste Held, der mich in meiner jugendlichen Lesefreude störte, Hamlet war. Wozu all die lähmende Reflexion? Nun mach doch endlich! Bis ich mich auf die Prüfungen in der zehnten Klasse vorbereitete und irgendwo las, dass Hamlet gar nicht so jung war, wie moderne Aufführungen ihn darstellten. Yorick war schon dreiundzwanzig Jahre tot, und Hamlet konnte sich gut an ihn erinnern. Manche Gelehrte ordneten den Prinzen sogar als angehenden Vierziger ein. Drauf und dran, wie meine Eltern zu erstarren. Das erklärte alles. Trotzdem habe ich meinen Vater beim Schach nie schlagen können.

»So will ich nicht müde werden, eine kleine kurze Tatsache immer wieder zu unterstreichen«, sagt Nietzsche, »nämlich, dass ein Gedanke kommt, wenn ›er‹ will, und nicht, wenn ›ich‹ will.« Als würde man, je mehr Gedanken sich in einem Kopf abspielen, umso weniger von »jenem alten berühmten ›Ich‹« sprechen können. Oder anders gesagt, je fähiger der Verstand wird, desto mehr gleicht er einer Serie von blitzblank polierten Oberflächen, die in der Lage sind, alles, was gerade da ist, unermüdlich zu empfangen und zu reflektieren und untereinander hin und her zu werfen. Aber an Handlung ist er weniger interessiert: nicht an Seilspringen, Angeln oder Rache. Stattdessen beobachtet sich der Verstand dabei, wie er an Angeln, Seilspringen und Rache denkt. Wie in dem Augenblick, wenn Michele mich anschaut und um Geld bittet und ich mich daran erinnere, wie ich meinen eigenen Vater anschaute, und mir vorstelle, wie Micheles Sohn ihn anschaut und überhaupt alle Söhne, die bald Väter sein werden, ihre Söhne anschauen. Es gibt einen Punkt, an dem, wenn sie nicht ohnehin schon ziemlich durcheinander geraten sind, Passiv und Aktiv irgendwie nicht mehr so wichtig erscheinen, ja allmählich austauschbar werden. Im Grunde seines Herzens weiß Hamlet, dass sein Problem nicht die Feigheit ist oder zu viel Nachdenken, sondern dass das Nachdenken seine Lieblingsbeschäftigung ist. Er möchte allein gelassen werden, damit er ungestört seine Monologe halten kann. Ohne diese hässlichen Probleme lösen zu müssen. »Können wir nicht in unsrer Einbildung Alexanders edlem Staube folgen, bis wir ihn an einem Ort finden, wo er ein Spund-Loch stopft?« »Eine solche Betrachtung«, widerspricht der praktische Horatio, »wäre gar zu spizfindig.«

Gerade beginnt mir das Nachdenken über Hamlet Spaß zu machen, über den ich schon Jahre nicht mehr nachgedacht hatte, und ich sinniere, ob es nicht vielleicht genau das ist, was unsere Kultur weit von sich weist, die Vorstellung nämlich, dass der größte Genuss möglicherweise nicht im Konsum liegt, im Handeln, in der Nächstenliebe oder Leidenschaft, sondern schlicht und erstaunlicherweise im Spiel des Verstands mit sich selbst, im Rückzug also, da entdecke ich nicht weniger als fünf Verpackungen von Schokoladenkuchen unter Stefis Kissen. Zum Kuckuck! »Stefi! Stefi-i!«

Meine Tochter bricht sofort in Tränen aus und gesteht auf der Stelle. Anders als mein Sohn, der blind drauflos lügt. »Böser Papi.« Lucy knufft mich in die Beine. »Du sollst Tefi nicht zum Weinen bringen.« Die große Schwester wimmert: »Michele hat mich dazu angestiftet!« Die übliche Ausrede. Eine Umkehrung des Sündenfalls. Und sie führt mich sogar nach oben, um mir noch mehr Verpackungen zu zeigen, die sich hinter Micheles Kassettenrekorder verstecken. »Aber wo habt ihr sie bloß alle her?« Insgesamt sind es mehr als zwanzig. Schließlich kommt heraus, dass Mamas Geldschublade geplündert wurde. Meine Kinder haben angefangen zu stehlen.

Der Garten Eden war ein Paradies, bevor der Appetit die Bühne betrat; mit ihm die Sünde, dann die Geschichte. Und manche möchten uns weismachen, dass das Paradies wiederkehrt, wenn man nur dem Appetit abschwört. »Von allen eitlen Freuden zieht zurück / Er sich und findet so zuletzt das wahre Glück«, schrieb Andrew Marvell, der sich seinem Byzanz in einem dicht belaubten Hain Yorkshires näherte, über den Geist. Und ich erinnere mich, wie mein Vater seine angestaubten Kommentare las – und was für Wälzer waren das –, wie er da gelegentlich laut »Ha!« sagte und den Band zuschlug und dann die viktorianischen Stuckleisten entlang der Decke anstarrte. Die Vorstellung, meine Freunde könnten je sehen, wie lächerlich er war, ließ mich vor Scham fast vergehen. Erst als ich in jüngster Zeit Coleridges Bemerkung las, dass seine Freude am Lesen nicht nur in der passiven Reaktion auf den Inhalt einer Seite bestand, sondern gleichermaßen in dem Genuss, seinem Verstand bei der Arbeit zuzuschauen, konnte ich verstehen, was damals mit Papa losgewesen war. Er hatte sich in jene Welt zurückgezogen, wo sich »der Verstand an sich selbst entzückt«, an einen Ort, von dem man vielleicht erst in einem bestimmten Alter eine schwache Ahnung bekommt. Mein Vater wäre genauso verloren gewesen wie Hamlet, sinnierte ich, wenn er mit einem Mörder als Stiefvater und einer Ehebrecherin und Komplizin als Mutter konfrontiert worden wäre. Fest steht jedenfalls, dass er jedes Mal ärgerlich wurde, wenn das Telefon klingelte. Zum Handeln gezwungen, verwandelt sich paradiesische Reflexion in lähmendes Nichtstun. Was macht man mit Kindern, die stehlen? Stefi schluchzt schon in ihr Kissen und jammert, dass ich ihr nie wieder glauben werde. Ihr ganzes Leben ist zerstört.

Wie wohlwollend moderne Filme mit Leuten vom Schlage eines Claudius oder einer Gertrude umgehen! Kürzlich habe ich drei oder vier gesehen, die sich mit zärtlicher Milde dem Appetit im Alter widmen. Woody Allens Possen. Eheschließungen unter Achtzigjährigen. Wir sollen dem Tod in lodernden Flammen unersättlicher Begierde entgegentreten. Falstaffisch, aber schlank. Und engagiert. Geschäftig. Immer noch in der Nachbarschaft tätig. »Bis ganz zuletzt war er aktives Mitglied im Rotary Club.« Während Hamlet angewidert war. »Ihr könnt es nicht Liebe heissen ... in euerm Alter.« Und als er den stets emsigen, wohlmeinenden alten Polonius ins Jenseits befördert: »Du unglücklicher, unbesonnener, unzeitig-geschäftiger Thor, fahr du wohl!«

»Eine Sache anzupacken«, bemerkt Emile Cioran nicht weniger ruppig als der Prinz von Dänemark und ganz bestimmt auf dessen Wellenlänge, »bedeutet, das Falsche und Fiktive anzupacken.« Und: »Die Fähigkeit zu verzichten ist das einzige Kriterium für geistigen Fortschritt.« Aber wie soll das für mich gelten? Es gibt so vieles, das ich anpacken muss. In der Kommode müssen noch drei Schubladen aufgeräumt werden, die Regale über dem Bett, der Kleiderhaufen hinter der Tür, ein großer Berg mit Stofftieren. Und jetzt auch noch diese grauenhafte Geschichte, die stehlenden Kinder. »Was wirst du tun?«, will meine Frau wissen, das Gesicht vom morgendlichen Waldlauf gerötet. Und natürlich ist es klug von ihr, sich fit zu halten. Ich bin dankbar, dass sie so jung aussieht. Vielleicht ist

Reife ja irgendein unmerklicher Augenblick, in dem zwei Welten sich in vollkommener Harmonie befinden. Jene beiden Vögel, auf gegenüberliegenden Ästen in perfekter Balance. Der Fresser und der Beobachter. Ein Verstand, der fähig genug ist, jede Regung einer immer noch aktiven Begierde einfangen und reflektieren zu können. Noch nicht bereit, sich in sich selbst zurückzuziehen, aber auf wunderbare Weise bereichert um das herrliche Geheimnis, dass solche Freuden bevorstehen. All die Bücher, die Erkundungen, die neuen Hochgefühle! O lass die Welt zu Grunde gehen! »Du musst etwas tun«, wiederholt meine Frau.

Und nun sitzen wir zusammen und essen Pasta. Auf der Terrasse. Im strahlenden Licht der italienischen Sonne. Über einem Garten, der zu ausgedörrt ist für Marvells Ekstasen. Zu nackt unter dem grellen Licht. Aber mit dem einen oder anderen Vogel, der trotz allem die Zweige rascheln lässt. Einer weißen Katze, die einem die Schatten bewusst macht. Michele beschreibt die Fische, die ihm entwischt sind. So wie ein Gedanke manchmal präsenter ist, weil er einem entschwand. Der den Haken erzittern ließ und dann verloren ging, bevor man noch raten konnte, was für einer es war. Höchstens, wenn er golden gewesen wäre. Oder von einer Form, wie sie griechische Goldschmiede gestalten. Meine Frau schaut mich über ihr Glas hinweg an.

»Du hast Geld gestohlen, Michele.«

Was für eine Schmierenkomödie nun folgt. Sein kurzer Blick auf Stefi. Ihre Augen, die sich auf ihren Teller senken. Seine Einsicht, dass das Spiel aus ist. Sie atmet schwer. Seine Lippen werden schmal vor Wut. Betrogen! Und beben dann. Er wringt seine Serviette in den Händen. Lucy, die von alledem nichts mitbekommt, spießt ihre Pasta auf, ruft die Katze:

»Tina!« Und dann beginnen die Erklärungen, das Hin und Her. Vorwurf, Geständnis, Strafe, Vergebung. Aber nicht viel Kommunikation. »Ich wünschte, ich hätte es nicht getan, Papa. Ich wünschte, ich hätte es nicht getan.« Wie Dickens diese Tränen genossen hätte, die sich jetzt in seinen gescheiten blauen Augen sammeln.

Man sagt, dass Kinder einen jung halten, aber das stimmt nicht. Jung bleibt, wer seine Kinder verlässt, um noch mal von vorn anzufangen, oder wer ständig woanders zu tun hat. Man sollte lieber sagen, dass Kinder einem die Gelegenheit geben, alt zu werden, sie zu reflektieren, sie zum Anlass von Reflexion zu nehmen. Denn das Leben der Jungen wäre nichts, wenn die Alten sie nicht beobachteten, so wie mancher einst glaubte, unser aller Leben sei nichts, solange es nicht im unendlichen Geist des Göttlichen geborgen sei. Und es könnte ja sogar sein, dass irgendein allumfassender Geist jenseits der flüchtigen Fragmente existiert, die in diesen Knochengewölben gefangen gehalten werden. Wer weiß? Unsere Unfähigkeit, ihn im Universum zu orten, will kaum etwas besagen, solange wir das Ding immer noch nicht in unseren eigenen Schädeln gefunden haben. »Natürlich lieben wir euch«, sagt meine Frau. Ist das die Macht, von der Nietzsche sprach, die die Gedanken wie von selbst in unsere Köpfe schlüpfen lässt? Sodass wir uns einbilden, behaupten zu können: »Ich denke.« Während das Mittagessen weitergeht – meine strenge Stimme, der Wein, das bedripste Verhalten der Kinder, der Käse, ein bellender Hund, das Obst, das Versprechen, alles zurückzuzahlen –, ist mir, als würde ich meinen Vater ganz schwach »Ha!« rufen hören, dazu das allwissende Klappern der Stricknadeln meiner Mutter. Woraufhin wir uns dann zum Tischtennis zurückziehen, wo der Ball zwischen unseren Kellen hin und her saust. Hin und her. Und Stefi sagt: Nie wirst du damit fertig, mein Zimmer aufzuräumen, Papa. Du nimmst es dir immer ganz fest vor, und dann schaffst du es doch nicht.

GESPENSTER

»Unser Christus ist kein toter Christus«, pflegte mein Vater zu
sagen. Damit wandte er sich gegen den katholischen Kruzifix-
kult. »Das Kreuz ist ein leeres Kreuz. Unser Herr ist allmäch-
tig.« Er glaubte zwar an die charismatischen Gaben und vor
allem an Heilung. Aber nicht an Madonnenerscheinungen.
Was für eine Art Wunder sollte das sein? Und warum fanden
Katholiken immer so viel Gefallen daran, ihre Madonnen weinen zu sehen? Als wäre die arme Frau keinen Schritt weiter
und müsse immer noch die Qualen ihres Sohnes beschauen.
Als Geistlicher, dem einst ein großer Friedhof unterstand,
konnte mein Vater hervorragende Gruselgeschichten erzählen:
vom Sarg, der im Regenwasser zu treiben begann und mit
Steinen versenkt werden musste; vom verwesten Fuß, der gesichtet wurde, wie er sich durch eine Gruft bohrte. Er lachte,
denn für ihn war der Tod längst besiegt. Und als mich meine
Eltern auf eine hochkirchliche Schule der Anglikaner schick-
ten, schärften sie mir ein, mich beim Glaubensbekenntnis
nicht mit den anderen gen Osten zu wenden. »Christus spukt
an keinem speziellen Ort herum«, sagte mein Vater. Vage und
allmählich begriff ich, dass es beim Katholizismus um die end-
lose Betrachtung des Leidens geht, beim Protestantismus um
dessen vernünftigen Exorzismus. Daher auch mein Schock so
viele Jahre später, als meine Mutter mir erzählte – und ich
glaube ihr –, sie habe den Geist meines Vaters gesehen.

Geister: Am helllichten Tag können sie nicht mal mit unserem skeptischen Blick rechnen. Wir schauen durch sie hindurch. Aber nachts, an den ungewissen Rändern unserer Träume und wenn der Wind jammert, gibt es kaum jemanden, der bei einem merkwürdigen Geräusch nicht in banger Vorahnung auf eine lang erwartete Begegnung erschauert: mit einem toten Vater, einer toten Geliebten. Die Bibliographie zu Daniel Cohens *Encyclopaedia of Ghosts* merkt an: »Es gibt Hunderte von Büchern mit ›wahren‹ Gespenstergeschichten, dem Anschein nach vorwiegend aus England. Diese sollten ausschließlich zum Zwecke der Unterhaltung gelesen werden.« Aber täuschen Sie sich nicht: Sie kommen bestimmt irgendwann wieder, um Sie heimzusuchen. Nachdem die *Macmillan Encyclopaedia* das ganze Thema verächtlich heruntergespielt hat, sieht sie sich genötigt, ihre Eintragung unter dem Stichwort »Gespenster« mit der lakonischen Äußerung enden zu lassen: »Geistererscheinungen werden nach wie vor gemeldet.« Offenbar steckt doch ein bisschen mehr dahinter.

Jede Gespenstergeschichte erzählt zwei Geschichten: Wie der Geist zum Geist wurde, und wie wir dem Geist begegneten. Oder vielmehr: vom Pathos und seiner Anziehungskraft, Sirenengesang vom Leiden anderer, Metapher allen Melodrams. »Das Rasseln der Eisen wurde immer lauter« – Plinius der Jüngere aus dem ersten Jahrhundert vor Christus präsentierte uns erstmals ein solches Szenario – »bis plötzlich das scheußliche Phantom eines alten Mannes erschien, das die Arme hob und in einer Art ohnmächtiger Wut seine Ketten schüttelte.« Aber Plinius' Gespenst sprach nicht. Denn was immer auch in ihnen jenes klägliche Bedürfnis auslöst, sich zu offenbaren, Geister scheinen selten in der Lage zu sein, darüber zu sprechen. Bekanntlich ist Sprachlosigkeit häufig die Folgeerscheinung eines Traumas, und was könnte traumatischer sein als zu sterben? In jener schrecklichen letzten Erfahrung seines Lebens gefangen, versucht der gefesselte Geist auf sich aufmerksam zu machen. Nacht für Nacht. Das Haus, in dem er spukt, steht bald leer. Bis es, wie in dieser speziellen »wahren Geschichte«, von dem mittellosen Philosophen Athenodorus wegen der günstigen Miete bezogen wird, der sich ein Herz fasst und dem Phantom folgt. Die mit lockerem Erdreich nur flüchtig bedeckte Grabstelle eines Mordopfers kommt zum Vorschein, darin eine Leiche, die immer noch in Hand- und Fußschellen steckt.

Als stummes Wesen gebärdet sich das Gespenst um so theatralischer. Es legt äußersten Wert auf seine Kleidung. Ich blättere in den ersten Seiten von *Haunted East Anglia* – denn jede englische Grafschaft verfügt über ihr eigenes Sortiment an Gespenstern – und streiche die folgenden Passagen an: »Die Gestalt eines Mannes wurde gesichtet, angetan mit einer Soldatenuniform aus den Napoleonischen Kriegen« – »die Umrisse eines Kahns sowie eine Gestalt in einem weißen Gewand, die darin stand und ihn mit einem Staken fortbewegte« – »das Kleid der Frau war lang und locker gebauscht... Die frühe Morgensonne brach sich in einer Fülle von goldenen Juwelen und ließ sie funkeln« – »trug einen metallenen Brustharnisch und eine runde Stahlkappe« –»trug ein langes dunkles Kleid mit Rüschenschürze und einem weißen Häubchen, das auf ihrem dunklen Haar saß« – »trug rehfarbene Reithosen, hohe Gamaschen und einen karierten Rock: auf seinem Haupt einen flachen Filzhut mit hochstehender Krempe«. Falls sich das wie eine Einkaufsliste für ein Kostümstück der BBC anhört – »ausschließlich zum Zwecke der Unterhaltung« –, sollte man nicht vergessen, dass auch die Madonna nie ohne ihr blaues Gewand zu sehen ist oder Christus ohne seine Stigmata. Und selbst mein Vater, der zweimal erschien, obwohl meiner Mutter nur einmal, tat dies in seinem weißen Chorhemd, das zu waschen so eine Plackerei war, und in seinem schwarzen Obergewand, das immer hinter der Tür in der Sakristei hing.

Worum geht es bei Gespenstern? Ein Leichnam wird eingemauert, in Ketten gelegt, enthauptet, verbrannt, vergiftet. In jedem Fall, auf die eine oder andere Art, gefangen. Indem er durch Wände geht und die Grenze jener beiden Daten überschreitet, die unser aller Gefängniszelle bilden, will uns der stumme Geist wieder zurückführen, auf der Vergangenheit beharren. Er ist ein konservativer Bursche. Oder, noch schlimmer, vielleicht war er ja derjenige, der einen anderen eingemauert, in Ketten gelegt, enthauptet, vergiftet hat. Weil er für den Mord an seinem Schauspielerkollegen Thomas Hallam nicht zur Verantwortung gezogen wurde, spukte Charles Macklin lange Zeit hinter den Kulissen von Drury Lane. Noch heute hört man den Rabbi aus dem dreizehnten Jahrhundert, der seine Frau tötete und seine Synagoge niederbrannte, in dem Tudor-Gebäude umherschlurfen, das auf dem Schauplatz seines Verbrechens errichtet wurde. Ob nun gegen ihn gesündigt wurde oder er selbst gesündigt hat – bei den meisten von uns trifft beides zu –, der Geist verfällt auf Grund seiner Beziehung zu einer speziellen Handlung oder Situation in einen fürchterlichen Schockzustand. Und dort sitzt er fest; unfähig – wie so viele schon im Leben –, Frisur, Kleidung oder Adresse zu ändern, bleibt er zu Hause und spukt.

Mein Vater hat weder meine Mutter getötet noch seine Kirche niedergebrannt, aber eines Abends schlurfte er in die Küche, um sich ein Stück kalten Braten aus dem Kühlschrank zu nehmen, und sagte: »Ich schätze, dieser ganze Monogamie-quatsch muss wohl sein, das ist nun mal unser Leben.« Sein eigentliches Sterben begann aber an dem Tag, der auf meine Eheschließung folgte, die er persönlich vornahm. Es war die letzte religiöse Zeremonie, an der ich je als aktiver Part teilgenommen habe und je teilnehmen werde. Mein älterer Bruder, vielleicht durch die Versuche meiner Eltern irritiert, ihn im Schoß der Kirche zu halten, heiratete fern der Heimat, auf einem Standesamt in Maryland, ohne ihnen etwas davon zu sagen. Da mir bewusst war, wie sehr sie darunter litten, entsprang meine etwas rücksichtsvollere Entscheidung, obwohl ich nicht gläubig bin, weniger irgendeinem Anpassungswillen als dem Wunsch, sie nicht zu enttäuschen. Zweifellos sind es genau diese Brüche zwischen unseren Überzeugungen und unseren Handlungen, die uns später heimsuchen werden. Als dann aber mein Vater sagte, er wolle ein Mikrofon verwenden, protestierte ich. Zu der Zeit, als ich noch seine Gottesdienste besuchte, hatte er nie ein Mikrofon benutzt. Der Einsatz von Technologie kam mir gerade bei diesem Anlass wie eine Geschmacklosigkeit vor; sie würde meine Unaufrichtigkeit nur noch lauter tönen lassen. Nicht mehr ganz im Vollbesitz seiner Kräfte, kämpfte sich mein Vater wacker und keuchend durch die Zeremonie. In der folgenden Woche beratschlagten die Ärzte, ob es für eine Operation nicht schon zu spät sei.

Die weitaus rührendste Gespenstergeschichte, für mich jedenfalls, ist Ambrose Bierces *Die Straße im Mondlicht*. Der Ehemann will sich vergewissern, ob ihm seine schöne Frau treu ist. Er erzählt ihr, dass er geschäftlich verreisen muss, kehrt aber vorzeitig, in den frühen Morgenstunden, zurück. Eine Gestalt schlüpft aus dem Haus. Außer sich vor Wut, und weil es ihm nicht gelingt, den Kerl zu fangen, stürzt der Ehemann nach oben und erdrosselt seine Frau ohne ein einziges Wort der Erklärung. Sie kehrt zurück, um ihn als Geist heimzusuchen. Er verliert darüber den Verstand und die Erinnerung. Bierce erzählt die Geschichte in Monologen. Keine der handelnden Personen versteht, was geschehen ist, keine ist in das Wissen der anderen eingeweiht. Der mittlerweile altersschwache Ehemann sehnt sich nach dem Tod, der ihm wie eine Erlösung vorkommen muss. Das einzige, was seinen Gedächtnisschwund überlebt hat, ist eine Traumversion jener Nacht, in der er eine Gestalt sein Haus verlassen sah, er dann nach oben ging und seine Frau umbrachte. Seine tote Frau, die durch ein Medium zu ihm spricht, erzählt, wie sie angsterfüllt aufwachte, weil sie Schritte auf der Treppe hörte. Sie entfernten sich wieder. Gerade als sie glaubte, nun könne sie sich sicher fühlen, kehrten sie wieder zurück, diesmal lauter und schwerer als zuvor. Kurz darauf legten sich Hände um ihren Hals. Da auch sie keineswegs Erlösung gefunden hat, bemüht sie sich verzweifelt, sich ihrem Mann zu offenbaren, als Zeichen ihrer Liebe. Und indem sie dies tut, vernichtet sie ihn.

Aber wer war die Gestalt, die das Haus betrat und verließ? »Es gibt Augenblicke«, sagt der Ehemann, »da zweifle ich daran, dass es sich um ein menschliches Wesen handelte.« Als gäbe es drei Geister in der Geschichte: die trauernde Frau, die alles daransetzt, eine brutal unterbrochene Intimität wiederherzustellen; den Mann, dessen eigenes, unerklärliches Verbrechen in ihm spukt; und die mysteriöse Gestalt, die im Vakuum der Verständnislosigkeit zwischen Mann und Frau hin und her huscht, phantomhafte Personifizierung jener Kluft, die sich zwischen unserer Überzeugung und unseren Handlungen auftut, auf jeden Fall Quelle jener abgrundtiefen Missverständnisse, die uns alle heimsuchen.

Etwas, das mir als Kind Angst einjagte, wenn ich abends betete, war, dass man eines Tages sterben würde und dann feststellen müsste, dass alles, woran man geglaubt hatte, gar nicht wahr sei. Mein Vater war jetzt ein schwerkranker Mann, eingemauert in seinen Krebs. Schon erlebte er die Einsamkeit des Gespenstes, das ja fast immer allein spukt. Sicherlich verspürte er, trotz seines Glaubens, das Entsetzen des Geistes angesichts der unpassenden Ketten, die ihn an das vergängliche Fleisch binden. Sicherlich gab es einiges, das er bereute und das er, wie jeder andere, bereinigen wollte. Man schickte nach meinem Bruder. Ich wurde gefragt, ob ich nicht meinen Glauben erneuern wollte. Wollte ich nicht. Das Gespenst des Missverständnisses stolzierte durch die Gemäuer des Pfarrhauses, effektiv und stumm.

Bekanntermaßen hat es uns die moderne Technologie schwer gemacht, gewisse übersinnliche Erfahrungen zu haben. Kerzen flackern nicht mehr, und ebenso wie uns die Straßenlaternen der Sterne beraubt haben, verwandelt das Klicken eines Schalters ein Phantom schnell wieder in einen Morgenrock. Ironischerweise wurden aber große Fortschritte erzielt, als es darum ging, die Zahl der lebenden Toten ums Zigfache zu vergrößern. Was brauche ich Gespenster, wenn meine unter Gedächtnisverlust leidende Großmutter im Alter von achtundneunzig in einen Zustand ewigen Verfalls gedopt wird, ein staubiger Anblick verlorener Vitalität? So ließen Röntgenstrahlen und Chemotherapie meinem Vater acht Monate Zeit, um sich gespenstische Blässe zuzulegen, die Gestik hilfloser Wut einzuüben. Überrascht es da noch, dass sein erster Auftritt als Geist ein paar Stunden vor seinem Tod erfolgte? Ein enger Freund und Amtsbruder rief meine Mutter an und erzählte ihr, er habe meinen Vater bei einem sehr imposanten

Ordinationsgottesdienst gesehen: Bischöfe, Domherren, Diakone und Erzdiakone. Vom Chorgestühl aus und in vollem Ornat folgte mein Vater der gesamten Zeremonie, nur um dann in der Menge der Andächtigen zu verschwinden, als der Freund ihn nach dem Segen ansprechen wollte. Passenderweise, und en passant, starb er an einem Sonntag.

Ein hoffnungsvoller Aspekt vieler Gespenstergeschichten ist die Macht, die sie uns über die Welt jenseits des Grabes verleihen. Denn oft endet mit der Geschichte auch der Spuk. In Plinius' Bericht folgt Athenodorus dem Gespenst an den Ort des Verbrechens. Das Skelett wird von seinen Ketten befreit und ordentlich bestattet. Es spukt nimmermehr. In seinem Werk *Healing the Haunted* erzählt der christliche Psychiater Dr. Kenneth McAll an die vierzig Geschichten, in denen jedes Mal ein Geist von jener Geißel erlöst wird, welche auch immer ihn an seine ermüdende Routine geschmiedet hat. Anerkennung, ein anständiges Begräbnis, Gebet und Exorzismus sind seine Werkzeuge, und keine streunende Seele, wo sie auch sein mag, ist vor ihnen sicher. Der emsige Doktor schickt eine ganze normannische Ritterschar auf den Weg: Hunde, Katzen, ungeborene Babys und selbst die ertrunkenen und ermordeten Sklaven, die offenbar für die traurige Berühmtheit des Bermudadreiecks verantwortlich sind. Zwanghafte Wiederholung, die nun endlich unterbrochen wird, bringt jedes Mal das Happy-End. Nur wird seltsamerweise nie erwähnt, wohin die Gespenster entlassen werden: In den Himmel, in die Hölle? Was wäre das auch für eine Erlösung? Bei aller klischeehaften Wirksamkeit, die sie dem christlichen Symbolismus zugestehen, spuken Gespenstergeschichten unbestreitbar in den Grauzonen etablierter Religion. Da sie uns kein leichtes Leben nach dem Tod anbieten, liegt ihr besonderer Reiz darin, dass sie genau dort ihre beruhigendste Wirkung auf uns haben, wo sie das größte Tabu artikulieren: nicht den Tod, sondern unseren Wunsch, der Tod möge auch wirklich den Tod bringen. »Hinter alledem«, schrieb Phillip Larkin, »verbirgt sich die Sehnsucht nach seligem Vergessen.«

Während der Monate, in denen er im Sterben lag, versuchte mein Vater nie, Heilung durch Handauflegen zu erlangen. Das ist merkwürdig, da er fest an solche Dinge glaubte. Vielleicht fürchtete er, es sei sein charismatischer Eifer gewesen, der zu dem schmerzvollen Konflikt mit meinem Bruder führte und sich als der spöttische Elf entpuppte, der uns ins Verderben stürzt. Wenn Krebs zum Teil die Folge von Stress ist, dann hatte mein Vater gewiss reichlich davon abbekommen. Die andere Erklärung ist, dass trotz seiner Empörung über das, was seinem Körper widerfuhr, er dennoch bereit war, mit allem abzuschließen: vielleicht gerade wegen der empörenden Kluft zwischen gefühlter Identität und dem Rätsel des eigenen Lebens. Es kann gut sein, dass er der Gestalten überdrüssig war, die nachts in sein Haus und wieder hinaus huschten.

Aber wusste Vater überhaupt, dass er starb? Da die Ärzte so vorsichtig waren, das unsägliche Wort tunlichst zu vermeiden? »Es wäre so entmutigend.« Auch die Literatur zum Thema verdeutlicht, dass sich niemand sein eigenes Erlöschen wirklich vollkommen vorstellen kann. »Und so oft wir den Versuch dazu machen«, sagt Freud, »können wir bemerken, dass wir eigentlich als Zuschauer weiter dabeibleiben.« So gesehen können wir vielleicht das Gespenst schlicht als ein Scheitern unserer Vorstellungskraft begreifen. »Es schleicht sich immer wieder der Gedanke an ein widerwilliges und sich heftig wehrendes Ich ein«, schreibt F H. Bradley, »oder an ein enttäuschtes, oder überdrüssiges, oder in gewisser Weise unzufriedenes

Ich. Und das kann kein Ich sein, das vollständig ausgelöscht ist.« Was könnte ein Scheitern unserer Vorstellungskraft besser verdeutlichen als diese schauerliche Wiederholung jenseits der Routine: immer dieselben Kleider, dieselben Gesten? In den Nächten, die unmittelbar auf seinen Tod folgten, drehten sich meine Träume über meinen Vater immer um eine Leiche, die sich als widerstrebend und unzufrieden lebendig entpuppte, tot und auf entsetzliche Weise doch nicht tot. Habe ich deshalb am dritten Tag, dem Tag vor der Beerdigung, den Bestattungsunternehmer gebeten, mir den Sarg zu öffnen, um meinen Vater ein letztes Mal sehen zu können? Er sagte: »Ich glaube nicht, dass Sie Ihren Vater wirklich sehen wollen. Er ist tot.« »Selig«, bemerkt ein Protagonist Becketts, beherzt einen Vers aus der Offenbarung verkürzend, »sind die Toten, die sterben.«

An Plinius' Geschichte ist interessant, dass sein ermordeter Geist nicht nach Rache sinnt, sondern nur die Schicklichkeit eines ordentlichen Begräbnisses erwartet. Das Ende einer Gespenstergeschichte bedeutet jedes Mal eine Rückkehr zur Schicklichkeit beziehungsweise vollständiges Erlöschen. Und die Frage der Schicklichkeit beschäftigte mich damals sehr stark, als ich in Broschüren über Kränze blätterte, Fotografien von Rosenbüschen betrachtete. Wohin mit den Toten? Als ich ein zweites Mal zum Krematorium fuhr, um die verbrannten Überreste abzuholen, war ich überrascht, dass sie mir in einer farbenfrohen Plastikbox ausgehändigt wurden, eher für Eiskrem als für Asche bestimmt. »War es ein schwerer Tod?«, fragte mich die Frau – sie hatte meinen Vater gut gekannt, da sie beruflich mit ihm zu tun gehabt hatte –, und im Auto, seinem Auto, das er besaß, obwohl er wegen seiner schlechten Augen nie selbst fuhr, stellte ich mir vor, wie ich die Box anschnallen würde, da mein Vater immer peinlich darauf achtete, seinen

Gurt anzulegen. »Ich habe sie in die untere Schublade der Kommode getan«, sagte ich zu meiner Mutter, denn ich wollte nicht, dass ihr die grelle Box zusätzlichen Kummer bereitete. Zweifellos musste sich Schicklichkeit erst etablieren.

Sah sie ihn eigentlich während dieser Zeit, bevor seine sterblichen Überreste endgültig zur letzten Ruhe gebettet wurden? Das hätte auf jeden Fall gut in die Folklore des Themas gepasst. Da meine Mutter nun gezwungen war, das Pfarrhaus zu verlassen, zog sie ans andere Ende von London. Es wäre unangemessen gewesen, weiter in ihrer alten Gemeinde herumzuspuken, wo sich ein neuer Amtsinhaber einrichten musste. Als Fremde in einer fremden Kirche kam dann der Moment vor dem Abendmahl, an dem die Anwesenden aufgefordert werden, sich ihrem Nachbarn zuzuwenden und ihn zu umarmen. Niemand wandte sich meiner Mutter zu. Sie fühlte sich verloren und allein gelassen, wie ein Geist ihrer selbst. Woraufhin mein Vater in seinem Ornat erschien und sie umarmte, und da wusste sie, dass alles gut werden würde. Sie konnte weder sagen, wie er erschienen war, noch wie er wieder verschwand, nur dass er es getan hatte. An einem windstillen Tag verstreute sie seine Asche in der Themse, auf der Höhe von Kew.

»Ich habe für meinen Bericht die Vergangenheitsform gewählt«, sagt der Ehemann in Ambrose Bierces *Die Straße im Mondlicht,* »aber das Präsens wäre angemessener gewesen.« Für die Bilder, die in ihm spuken, gibt es keine Erlösung. In dieser Hinsicht hat mein Vater eine großzügige Schicklichkeit bewiesen, da er nur zweimal erschien und keinen Exorzismus beanspruchte, um Erlösung zu finden. Es sei denn, man bedenkt, dass im Chorrock zu erscheinen nicht die einzige Form des Herumgeisterns ist. Denn oft genug ist die Fortdauer des

Lebens ein Tod bei lebendigem Leib. Wir werden von den Gespenstern ehemaliger Liebhaber heimgesucht. Von dem Land, das wir verlassen haben. Von der Religion unseres Vaters. Die Gesichter unserer Eltern lauern im Spiegel. Hinter unseren Wangen zeigen sich ihre Züge. Wir schimpfen unsere Kinder mit ihren Gesten, als Heimsuchende und Heimgesuchte zugleich. Das von meinem Sohn vorgebrachte »Verdammter Mist!« ist eine perfekte Nachahmung von mir. Meine Augen, die Augen meiner Mutter, schauen aus seinem jungen Gesicht. Wird er eines Tages über mich schreiben, mich sich vom Leibe schreiben müssen? Ich habe nichts gegen ein Stück kalten Braten am Abend. Und als ich den Kühlschrank öffne, höre ich ganz deutlich die Worte meines Vaters. Vielleicht habe ich sie ja selbst gesagt. Es besteht eine seltsame Distanz, so kommt es mir manchmal vor, zwischen der Person, als die ich mich fühle, und dem Leben, das ich führe. Wird uns der Tod von alledem heilen? »Alles ist gut«, paraphrasierte Robert Lowell, »was endet.« Es endet aber nicht.

WOHLTÄTIGKEIT

Ich bin oft zu Tränen gerührt, aber ich spende nur selten für wohltätige Zwecke. Der Mann am Telefon sagt, er hat ein Budget von mehreren hunderttausend Dollar. Soll er das viele Geld etwa bloß dafür ausgeben, den Leuten zu sagen, dass die Pullover von Benetton die schönsten und besten sind? Wie langweilig! Er findet es viel spannender, eine Konferenz gegen den Hunger in der Welt zu sponsern. Oder die Veranstaltung unten in Corleone, für die er mich gewinnen will. Es geht darum, Menschen zu helfen. Und wenn sich damit auch Pullover verkaufen lassen, umso besser. »Ich bin sicher, wir könnten Ihren Artikel im *Espresso* unterbringen«, sagt er. Ich lehne ab.

Ist die aufopfernde Haltung gegenüber der Menschheit womöglich zum Ersatz für Intelligenz oder gar gesunden Menschenverstand geworden? Auf meinem Schreibtisch liegt ein Fax von einer Fernsehproduktionsfirma. Die Firma ist von BBC 2 beauftragt worden, eine Serie mit dem Titel »Schriftsteller zum Völkermord in Ruanda« herzustellen. »Wenn wir Schriftstellern Gelegenheit geben, ihre Meinung zu sagen, können wir kontroversere Beiträge senden, als wenn wir einen Standpunkt selber vertreten.« Nach jeder Sendung wird eine Telefonnummer eingeblendet, die man anrufen kann, wenn man Geld spenden will. »Wir wissen, dass Sie sich bereits sehr engagieren«, schreiben sie, aber trotzdem bitten sie mich, einen Kommentar über meine Reaktion auf die Fernsehbilder von der Katastrophe abzugeben (»Ihr Gefühl der Hoffnungslosigkeit, aber auch Ihre moralischen Bedenken bezüglich einiger der Berichte«). Ich weiß noch, wie man uns damals in der Sonntagsschule Dias von hungernden Kindern in Ruanda und Burundi zeigte. Ich hatte eine Spardose von der Christlichen Missionsgesellschaft in Form einer Lehmhütte, in die ich ein Zehntel meines Taschengelds steckte. Ich finde es interessant, dass jemand ein Wort wie »engagieren« benutzt, es aber nicht für nötig hält hinzuzufügen, wofür. Und obwohl man davon ausgeht, dass es eine breite gesellschaftliche Strömung gibt, der ich angehöre, scheint man doch anzunehmen, dass mein Beitrag in jedem Fall »kontrovers« sein wird. Was auch erwünscht ist. Mir kommt der Gedanke, dass die Klarheit der Erzfeind der Aufopferung ist. Das Paradoxe ist der Bereich des Glaubens.

Als der Mann von Benetton wieder anruft, nehme ich all meinen Mut zusammen und erkläre ihm, dass mir das Plakat mit den drei blutigen menschlichen Herzen, die alle gleich aussehen und über denen »Schwarz. Weiß. Gelb« steht, nicht gefallen hat. Das mit dem Aidskranken auch nicht. Ebenso wenig das mit dem blutbefleckten Hemd aus Bosnien. »Aber durch solche Plakate werden Probleme ins Bewusstsein der Menschen gerückt«, sagt er. »Ich fand sie abstoßend.« »Sie können nicht bestreiten, dass solche Bilder eindrucksvoll sind. Sie haben eine Wirkung.« Ich entgegne ihm, dass mir die Wirkung von hübschen Mädchen in bunten Benetton-Pullovern lieber ist. Nachdem ich das Angebot der Produktionsfirma, etwas über Ruanda zu schreiben, per Fax angenommen, sie aber gewarnt habe, dass mein Beitrag in der Tat kontrovers ausfallen wird – ich werde darlegen, warum ich es möglichst vermeide, mir Fernsehreportagen über Hunger und Völkermord anzuschauen –, machen sie sich nicht mal mehr die Mühe, mir zu antworten.

Damals, bei den abendlichen Bibelstunden in der Kirche meines Vaters, hatte mich unter anderem eine Stelle in Paulus' Lobrede an die Liebe stutzig gemacht, an der er sagt: »Und wenn ich all mein Habe den Armen gäbe ... und hätte der Liebe nicht, so wäre mir's nichts nütze.« Dies kam mir widersprüchlich vor. Warum sollte jemand alles weggeben, wenn er keine Liebe hat? Ich war damals, anders als Paulus, zu jung, um zu begreifen, dass es tatsächlich – so pervers es klingen mag – eine Art des Gebens gibt, die mit Liebe gar nichts zu tun hat, eine Wohltätigkeit, die im Grunde kein bisschen wohltätig ist. »Wenn ich sicher wüsste, dass jemand in mein Haus käme, mit der festen Absicht, mir Gutes zu tun«, schreibt Thoreau in *Walden,* »würde ich um mein Leben laufen.« Und er prägt den wunderbaren Ausdruck »vorsätzliche Barmherzigkeit«.

Der PR-Chef von Benetton ist ein Namensvetter des großen Heiligen: Er heißt Paolo. Und er bekennt, praktizierender Katholik zu sein. Er hat mir einige Exemplare eines von Benetton finanzierten Magazins namens *Colors* und dazu den Benetton-Katalog geschickt. In jeder Ausgabe von *Colors* wird schwerpunktmäßig über irgendeinen abgelegenen Ort berichtet und dargestellt, wie warmherzig und menschlich die ganz normalen Leute dort sind. Im Katalog sind Bewohner des betreffenden Ortes in Benetton-Kleidung abgebildet. Am beliebtesten, so scheint mir, sind Orte, die in einem Krisengebiet liegen oder aus anderen Gründen in die Nachrichten gekommen sind; wegen ihrer Bekanntheit lassen sie sich besonders gut für die Zwecke der Firma Benetton einspannen. Ein alter Palästinenser hat einen modischen Pullover über seinen Kaftan gestreift. Ein junger kubanischer Taxifahrer trägt ein neues, orangefarbenes T-Shirt. Die Seiten des Magazins zeugen von einem geradezu zwanghaften Drang zur Gleichmacherei. Menschen aus allen möglichen Winkeln der Welt werden zitiert, die – erwartungsgemäß – alle die gleichen Anliegen haben: Auf der einen Seite des Fotos wird das Kleidungsstück der Marke Benetton beschrieben, und auf der anderen ist der Wunsch des Trägers oder der Trägerin nach Bildung, Liebe und Frieden abgedruckt…

Bei Paolos nächstem Anruf – er lässt nicht locker, bleibt aber immer freundlich – erklärt er mir, es gehe darum, den Leuten begreiflich zu machen, dass die Welt nicht nur ein großer Markt, sondern auch eine große Familie ist. Ich sage: »So wie in der Bibel, als die Pharisäer Jesus fragten: ›Wer ist denn mein Nächster?‹« Paolo schweigt verunsichert. Ich füge hinzu: »Das war, bevor er ihnen die Geschichte vom guten Samariter erzählte.« »Ja, richtig.« »Aber der Samariter«, wende ich ein, »hat dem Mann, den er gerettet hat, keinen Benetton-Pullover übergezogen, um Werbung zu machen.« Gegen solche Angriffe ist Paolo gefeit. »Aus intellektueller Sicht mag das ein berechtigter Einwand sein«, gibt er zu, »aber für mich ist es bloß die typische schlaue Ausrede, um nichts tun zu müssen. Sie behalten eine reine Weste, helfen aber niemandem.« Dann fügt er hinzu: »Ich glaube kaum, dass ein Mann, der sterbend am Straßenrand liegt, etwas dagegen hätte, fotografiert zu werden, wenn er dadurch sein Leben retten könnte.« Da mag er Recht haben. Ich stelle mir das bedauernswerte Opfer vor, wie es in blauen Shorts und hellgelbem Hemd lächelnd an der Straße von Jerusalem nach Jericho für ein Tatortfoto posiert. Und ich wünsche ihm gute Genesung. Allerdings ist der Samariter mit seiner Nikon in meiner Achtung gesunken. Er hat seine Würde verloren. Nein, mehr noch: Er hat seine Berechtigung verloren, ein Archetyp der Menschheitsgeschichte zu sein. In mein Schweigen hinein sagt Paolo: »Wie auch immer, ich biete Ihnen zehn Millionen Lire.« Sechstausend Dollar, so viel habe ich noch nie für einen kurzen Zeitungsartikel bekommen. Ich willige ein.

Wenn mich etwas zu Tränen rührt, trifft es mich fast immer überraschend und ganz unbeabsichtigt. Beispielsweise höre ich beim Abwaschen im Radio die Meldung, dass ein Mann mit seinem behinderten Kind aus dem sechsten Stock eines Krankenhauses gesprungen ist. Sofort schließe ich die Augen und atme tief durch. Aber es muss nicht unbedingt ein so tragisches Ereignis sein. Eine Liedzeile genügt: »Hearts and bones, they won't come undone.« Das geht mir unter die Haut. Aber es muss auch nichts Sentimentales sein. Manchmal ist es bloß ein Duft in der Dämmerung oder eine Gestalt, die rasch in einem Hauseingang verschwindet. In solchen Momenten überwältigt mich das Bewusstsein unseres gemeinsamen Schicksals. Ein heftiger Anfall von Mitgefühl und Sehnsucht. Gott sei Dank hält dieser Zustand nicht lange an. Und bringt mich auch nicht dazu, Schecks für wohltätige Zwecke auszustellen. Doch er hat eins gemein mit dem Erlebnis des Samariters: die Zufälligkeit. Nichts weist darauf hin, dass dieser großmütige Mann auf der Suche nach dem Opfer eines Überfalls war. Und einmal habe ich tatsächlich im Hydepark einem Penner geholfen, der einen epileptischen Anfall hatte. Aber jetzt sitze ich im Flugzeug und bin auf dem Weg zu einer Gruppe von Leuten – dem Benetton-Team –, deren Beruf es ist, geeignete Kandidaten für öffentliches Mitleid aufzuspüren.

Ich habe selbstverständlich darauf bestanden, dass man mir bei meinem Artikel völlige Freiheit lässt. Paolo hat selbstverständlich eingewilligt. Die Firma ist ganz wild auf Kritik. »Jede Art von Publicity ist gut«, sage ich lachend. Aber Paolo findet diese Sichtweise zu eingeschränkt. »Wenn es uns gelingt, eine Diskussion zu entfachen, dann haben wir schon etwas erreicht.« Diskussion ist anscheinend auch ein Wort, das über jeden Tadel erhaben ist. Jedenfalls solange das Ergebnis stimmt. Paolo erklärt mir, dass Luciano Benetton in dieser Hinsicht die Nase weit vorn hat. Er will eine ernsthafte Auseinandersetzung über die Rolle des Kapitals in unserer Gesellschaft herbeiführen. Er will beweisen, dass man geschäftlichen Erfolg haben und sich dennoch für die Verbesserung der Lage Bedürftiger einsetzen kann. Ich wende ein, dass Mr. Benetton als wohlhabender Mann sehr wohl den Zehnten an die Armen abgeben könnte, ohne seine Großzügigkeit zur Schau zu stellen. Um ihn zu ärgern, bringe ich ein Bibelzitat an: »Habt acht auf eure Frömmigkeit, dass ihr die nicht übt vor den Leuten, auf dass ihr von ihnen gesehen werdet…« »In dem Fall würde niemand etwas tun«, gibt Paolo zurück. Zum ersten Mal kommt mir der Gedanke, dass dieser praktizierende Katholik ein noch größerer Pessimist ist als ich. Ich glaube schon, dass es Menschen gibt, die im Stillen Gutes tun. Obwohl ich als Kind all die Bibelverse, die ich immer noch zitiere, nur auswendig gelernt habe, damit in der Sonntagsschule goldene Sterne hinter meinen Namen geklebt wurden.

Das Flugzeug landet in Palermo. Bei den Bedürftigen, deren Lage wir verbessern wollen, handelt es sich um die Corleonesi. Wie es der Zufall will, leiden sie nicht unter den Nachwirkungen einer Giftgaswolke, die aus der Fabrik eines skrupellosen multinationalen Konzerns ausgetreten ist, und sie sind auch keine Opfer von Hunger, Dürre, Völkermord, Bürgerkrieg oder der Aidsepidemie. Nein, vielmehr hat der Ruf als Mafiastadt die Wirtschaft in Corleone kaputtgemacht: Keiner will dort investieren, keiner nimmt die Stadt ernst, keiner reist dorthin. Vor allem gelten die Einwohner durch die Bank als korrupt. Sie sind allesamt Parias. Aber seit kurzem haben sie einen neuen Bürgermeister, der mit einem Antimafia-Programm angetreten ist. Er und seine Mannschaft haben eine Kampagne gestartet, um das Image der Stadt aufzumöbeln und Investoren anzulocken. Ihr größter Coup, was die Aufmerksamkeit der Presse betraf, bestand darin, bei Benetton anzurufen und sie um Hilfe zu bitten. Der berühmte Benetton-Fotograf Oliviero Toscani hat in einem Interview bereits vorgeschlagen, die Bürger von Corleone sollten ein Gerichtsverfahren gegen Mario Puzo anstrengen, weil er dem Ruf ihrer Stadt nachhaltig geschadet habe. Er selber, so Toscani, bedaure inzwischen, dass eines jener beeindruckenden Plakate, mit denen Benetton gern die Öffentlichkeit schockiert, ein blutüberströmtes Mafiaopfer zeigte …

Dass man Menschen am leichtesten zu Wohltätigkeit anstiften kann, wenn man bei ihnen Schuldgefühle hervorruft, leuchtet ein. In der Kreuzigungsgeschichte wird ein für alle Mal deutlich, dass unser Mitleid mit dem Bewusstsein unserer Mitschuld an dem Verbrechen einhergeht. Der Menschensohn ist für *unsere* Sünden gestorben. Durch Judas haben wir ihn verraten. Durch Petrus haben wir ihn verleugnet. Durch Pilatus wuschen wir unsere Hände in Unschuld. *Mea culpa, mea maxima culpa.* Wenn ich sehe, wie in Ruanda Menschen abgeschlachtet werden, dann weiß ich, das ist eine Folge des westlichen Kolonialismus. Wenn ich Bilder von Kindern ohne Beine in bosnischen Krankenhäusern sehe, dann weiß ich, das liegt daran, dass wir an Sarajewo kein so großes Interesse hatten wie an den Ölfeldern Kuwaits. Wenn ich obdachlose junge Menschen in den Straßen meines Wohnorts sehe, dann kann das nur daran liegen, dass ich eine unbarmherzige Regierung gewählt habe. Aber worin besteht eigentlich die Schuld, die ich in Bezug auf die Einwohner von Corleone auf mich geladen habe?

Die Stadt liegt an einem kleinen Hügel und schmort in der staubigen Hitze. Der Verkehr in den engen Straßen ist zugleich hektisch und stockend. Sofort fällt mein Blick auf den Namen eines berüchtigten Mafiabosses: Riina. Hier erscheint er nicht wie üblich in den Schlagzeilen der Zeitungen, sondern in einem Schriftzug über einer Ladentür, der unheilvoll verkündet: FRISCHES FLEISCH – GEBRÜDER RIINA. Wie zum Ausgleich heißt der Marktplatz Piazza Falcone & Borsellino, nach den zwei Richtern, für deren Ermordung Riina sich verantworten musste. Unser Hotel ist ein modernes Gebäude oberhalb der Stadt. Daneben haben dieselben Eigentümer ein großes Restaurant mit Veranstaltungsräumen errichtet. So mancher in Corleone fragt sich, woher sie wohl das viele Geld hatten. Als der ortsansässige Organisator, Raffaele Turtula, zur ersten Pressekonferenz der Kampagne hierher fuhr, nahm er zwei junge Anhalter mit, die in der Dämmerung am Straßenrand standen. Franzosen. Sie waren gekommen, um ein bisschen Mafialuft zu schnuppern. Où se trouve la maison de Toto Riina? Ich selber besuchte eine Pressekonferenz, die von Jugendlichen aus der Stadt am Nachmittag meiner Ankunft einberufen worden war. Auf die Frage eines Journalisten, ob Schüler zwischen Kindern aus Mafiafamilien und anderen unterscheiden, protestierten einige mit schriller Stimme. »Warum müssen Sie immer von der Mafia sprechen? Alle denken sofort an die Mafia, wenn sie nach Corleone kommen!« Und mir wurde klar, dass unsere Schuld ganz einfach darin besteht, dass wir von diesen

Leuten Schlechtes denken. In unserer Nachlässigkeit haben wir nicht zwischen dem bösen Individuum (beziehungsweise der bösen Organisation) und der guten Gemeinschaft – der Gemeinschaft aller Menschen – unterschieden.

In Roberto Calassos Buch *Der Untergang von Kasch* gibt es eine mehrseitige provokante Passage über den Helden der Demokratie, La Fayette, über dessen Talent, durch noble Gesten seine Popularität zu steigern. Calasso schreibt: »Mit La Fayette wird das Bündnis zwischen der guten Sache und der Dummheit besiegelt. Von nun an hat, wer das Wohl der Menschheit will, vom Menschen ein grob verschwommenes, freundliches, borniertes und emphatisches Bild.« Das postchristliche Unterfangen, Gott durch den Menschen zu ersetzen, wird natürlich problematisch, wenn wir nicht von letzterem eine ebenso hohe Meinung haben wie einst von ersterem.

Schlussendlich fällt es nicht schwer, die Leute in Corleone zu mögen. Zumindest diejenigen, die das Benetton-Pressebüro uns vorstellt. Oder Oliviero Toscani. Er ist ein beleibter, bärtiger Mann, mit angenehmer Ausstrahlung, der gern lacht. »Menschen sind was Wunderbares, aber die Demokratie stinkt«, knurrt er in irgendeinem Zusammenhang, den ich vergessen habe. Er befindet sich gerade in dem äußerst schmucken Stadtpark – Palmen und Porphyrwege – und bereitet Fotoaufnahmen mit ein paar Jugendlichen vor. Sie tragen natürlich Benetton-Kleidung. Schlau wie sie ist, bringt die Firma anlässlich ihrer Unterstützung der Werbekampagne des Bürgermeisters eine der Stadt Corleone gewidmete Ausgabe von *Colors* sowie einen neuen Benetton-Katalog heraus. Man hat beschlossen, ausschließlich junge Leute aus Corleone zu präsentieren, um dem herrschenden Bild von einer alternden, abgestumpften, in sich gekehrten Gesellschaft entgegenzuwirken. Der leicht sarkastische französische Friseur macht eine Bemerkung über die *jolie transparence* der Bluse eines jungen Mädchens. Eine Sekretärin telefoniert per Handy mit einem anderen Mädchen aus dem Ort, die angerufen hat, um abzusagen. Sie will nicht kommen. Die Sekretärin versucht sie zu überreden. Im Hintergrund, so erzählt sie mir später, hörte sie die Stimme des Vaters brüllen: »Ich lasse nicht zu, dass du da hingehst und dich zur Hure machst!« Während die Journalisten geschäftig herumlaufen und die Möchtegernmodels posieren, sitzt eine Gruppe alter Männer auf ein paar Steinbänken und schaut dem Treiben zu. Sie nehmen ihre Frauen niemals mit, wenn sie ausgehen. Ihre Anzüge sind förmlich, ihre Mienen ausdruckslos.

Jemand hat einen abgeschnittenen Ziegenkopf auf die Türschwelle der entzückenden Verlobten des Bürgermeisters gelegt. »Typisches Beispiel des örtlichen Brauchtums«, sagt dieser mit beneidenswerter Gelassenheit. Sein Name ist Pippo Cipriani. Er ist noch sehr jung, hat eine Hakennase und strahlt die beflissene Feierlichkeit eines Mormonen aus. Immerhin spielen er und Turtula das Mafiaproblem nicht herunter. Die Organisation hat sich nach den jüngsten Verhaftungen zurückgezogen, denn im momentanen politischen Klima kann sie die Vergabe von öffentlichen Aufträgen nicht beeinflussen. Aber sie wird wiederkommen. Deshalb ist es wichtig, die Öffnung der Stadt voranzutreiben, den Menschen den Eindruck zu vermitteln, dass Normalität möglich ist. Ich frage sie, warum sie von dem Imageproblem so besessen sind. Kurz gesagt, warum wollen sie Leute wie mich hier haben? Spielt es wirklich eine Rolle, was die Menschen in London und New York über Corleone denken? Wohl kaum, das geben sie zu. Aber es spielt eine große Rolle für die Einwohner, festzustellen, dass man in der

Welt jetzt anders über sie denkt. Es hilft ihnen, an die Veränderung zu glauben. Die beiden werden mir langsam sympathisch. Sie wirken anziehend und aufrichtig, sie scheinen gern ihre Karriere an ein Projekt zu koppeln, das für ihre Wähler das Leben leichter und sicherer macht. Deshalb bin ich bestürzt, als Paolo am Ende einer Pressekonferenz aufsteht und in seiner Rede das weltweite Engagement von Benetton mit dem des neuen Stadtrats von Corleone vergleicht. Cipriani und seine Gefährten, denke ich, riskieren schwere Repressalien. Vielleicht sogar ihr Leben. Benetton riskiert rein gar nichts. Als ich das dem Bruder des Bürgermeisters gegenüber erwähne, sagt er: »Wir sind immerhin normal genug, um wie alle anderen ausgenutzt zu werden.«

Die sizilianische Gastfreundlichkeit ist erdrückend. Der Besitzer eines Restaurants begreift einfach nicht, dass wir nicht alle Gerichte auf der Speisekarte bestellen wollen. Vielleicht hofft er, dass die Journalisten sein Restaurant in ihren Artikeln empfehlen. Er verteilt eifrig Visitenkarten. Paolo erklärt, dass nicht die faktische Echtheit eines Bilds seinen Wert ausmacht – es spielt keine Rolle, ob die Kleidung aus Bosnien tatsächlich aus Bosnien stammt oder ob es sich bei den Fleischklumpen tatsächlich um menschliche Herzen handelt –, sondern seine Kraft, die Menschen zum Guten zu bekehren, das heißt seine Wirkung. Im Hinblick auf das unspezifizierte »Engagement« wird so getan, als sei das Wesen des »Guten« über jeden Zweifel erhaben und die Wirkung der Benetton-Fotos in jedem Falle die richtige Wirkung. Außerdem wird mit Besorgnis erregender Selbstverständlichkeit akzeptiert, dass schockierende Bilder, bisher dem Journalismus und der Literatur vorbehalten, nun seltsam zusammenhanglos, ohne Sanktionierung durch Authentizität oder einen narrativen Kontext, als Werbemittel eingesetzt werden. Wo soll das enden? Werden wir uns eines Tages Bilder von entsetzlichen Greueltaten auf fernen Planeten anschauen müssen, Bilder des unmarsmenschlichen Verhaltens von Marsmenschen gegenüber anderen Marsmenschen? Wird man an uns appellieren, das Universum zu retten? Jetzt formuliert Olivieri bezüglich der Kinder seiner dritten Frau den noch abwegigeren, wenn auch reizvolleren Gedanken, dass die christliche Taufe ein Zeichen für Pädophilie ist. In mir regt sich der Verdacht, dass ihm als Meister der provokanten Unlogik zur ernsthaften Reflexion die nötige geistige Klarheit fehlt. Der sizilianische Restaurantbesitzer serviert Eisbecher, die niemand bestellt hat. Als wir zahlen, bietet dieser famose Mensch uns an, eine Quittung über einen höheren Betrag auszustellen, »falls Sie die für Ihre Spesenabrechnung gebrauchen können«. »Wenn man bedenkt, dass wir hier sind, um das Image dieser Leute zu verbessern …«, murmelt jemand.

Obwohl sie die Erlösung durch Taten ablehnt, sagt die Bibel doch implizit, dass Wohltätigkeit letztendlich der eigenen Rettung dient. »Meister, was soll ich Gutes tun, dass ich das ewige Leben möge haben? Gehe hin, verkaufe, was du hast, und gib's den Armen.« Sogar Paulus' Warnung, dass Großzügigkeit ohne Liebe zu nichts nütze sei, besagt im Grunde, dass eine wirklich wohltätige Einstellung sich eines Tages bezahlt machen wird, vermutlich im Jenseits. Aber es glauben vermutlich nur wenige von denen, die sich heutzutage für wohltätige Zwecke einsetzen oder andere zur Wohltätigkeit auffordern oder, wie in diesem Fall, dazu, endlich mit der Mafia aufzuräumen, an das Paradies im christlichen Sinn. Oder täusche ich mich da? Versuchen die Menschen immer noch, sich einen Platz im Himmel zu erobern? Wollen sie es bloß nicht zugeben? Der rumänische Philosoph Emile Cioran sieht andere psychologische Motive hinter diesem Phänomen. Wenn wir versuchen, anderen zu helfen, sie zu heilen oder zu bekehren, schreibt er, dann nur, weil wir uns wünschen, dass sie auf dieselbe Weise leiden mögen wie wir. Klingt das absurd, unbegreiflich? Paolo, der als Erster von uns Corleone verlässt, schenkt mir zum Abschied ein Buch, das er selber geschrieben hat. Eine Analyse der Rolle der Medien in der modernen Welt. Es erweist sich als eine Zusammenstellung von Zitaten und beschreibenden Texten, die zeigen sollen, wie abgrundtief dekadent, gewalttätig und unmoralisch unsere Gesellschaft geworden ist. Ich würde gern etwas daraus zitieren, aber ich habe das Buch zusammen mit der Hotelbibel aus Angst vor Ansteckung in meinem Zimmer zurückgelassen. Mir kommt der Gedanke, dass die beiden erwähnten Erklärungen für wohltätiges Verhalten sich nicht unbedingt ausschließen. Bei unserem Leiden, das die anderen mit uns teilen sollen, handelt es sich um eben diese bedrückende Wahrnehmung einer Welt, die so furchtbar ist, dass sie unser sofortiges Eingreifen verlangt, und zwar, um uns selber zu retten. Niemand darf sich entspannt zurücklehnen und das Leben genießen.

Auch Kinder nicht. Bei meiner Rückkehr nach Verona liegt ein Stapel Briefe in krakeliger Schrift auf meinem Schreibtisch. Die Klasse meiner Tochter wurde gebeten, ihre Meinung über Frieden, Liebe und Krieg zu äußern. Die Briefe sollen nun an den UNO-Generalsekretär geschickt werden. Aber zuvor müssen sie ins Englische übersetzt werden. Die Lehrerin, die vor Kurzem für ihre »humanitären Aktionen« ausgezeichnet worden ist, hat eine Notiz beigefügt: Sie weiß, wie sehr ich mich bereits engagiere, aber trotzdem möchte sie mich höflich bitten, dieses bewusstseinsbildende Projekt zu unterstützen. Als ich mich daran mache, die Kinderhandschriften zu entziffern, muss ich plötzlich laut lachen. Mir fällt ein, wie ich vor einiger Zeit in Australien, noch vom Jet-lag gebeutelt, beim Frühstück saß. Der Anlass war ein Literaturfestival, und neben mir saß zufällig der Pulitzerpreisträger Barry Lopez. Die Welt verändere sich zum Besseren, meinte er, und wir müssten mit unseren Texten diese Veränderung fördern. Das sagte er an einer üppig gedeckten Tafel im Hilton-Hotel von Adelaide. »Frieden ist, wenn die Menschen sich lieben und glücklich sind«, übersetze ich, »und nicht, wenn sie traurig sind und mit Gewehren schießen.« Vielleicht tue ich jetzt endlich das, was Barry forderte.

Ist es wirklich meine Pflicht, Leuten zu helfen? Allen Leuten? Muss meine schriftstellerische Arbeit, die ich als das große Vergnügen, die Welt geistig zu erfassen, ansehe, unbedingt wie ein Pfeil sein, der in eine bestimmte, lobenswerte Richtung zielt? Corleone, Ruanda. Vom Leid gezeichnete Gesichter erscheinen auf dem Bildschirm. Bilder von Hungersnöten und Massakern. Wie gut das Fernsehen doch zwischen der konkreten Welt der Menschen, die wir berühren und ansprechen können, und dem angenehmen Abstraktum der Menschheit vermittelt! Die Flüchtlinge aus Ruanda sind echte Menschen – das wissen wir –, aber sie haben keinen Geruch, geben keine Antwort und betteln nicht. Sie sind die idealen Nächsten. Auf dem Bildschirm blinkt eine Zahl. Ein Code. Jetzt wird sie wieder gelöscht, und jemand verkündet mit monotoner Stimme weitere Zahlen. Eine Summe nach der anderen. Dollar, Lire, Pfund. Die Leute spenden. Namen, Adressen werden eingeblendet. Ich stelle mir den Schauder der Erleichterung vor, der auf solche Zwangshandlungen folgt. Max Stirner, ein entschiedener Gegner jeder Form von Altruismus, schrieb 1844: »Ist nun etwa die Uneigennützigkeit unwirklich und nirgends vorhanden? Im Gegenteil, nichts ist gewöhnlicher! Man darf sie sogar einen Modeartikel in der zivilisierten Welt nennen.« Und dann erklärt er, die Uneigennützigkeit beginne damit, dass wir etwas als heilig bezeichnen, das außerhalb von uns liegt: die Menschheit. Wir verneigen uns vor ihr und werden ihre Sklaven. Als ich mir vornehme, in meinem Artikel über Corleone keine Details (besonders nicht das Essen im Restaurant) zu erwähnen, die von der italienischen Presse als Vorurteile gegen den Süden aufgefasst werden könnten, wird mir plötzlich bewusst, dass ich mich mit diesem Vorsatz in den Bereich der politischen Korrektheit begebe. Und was ist politische Korrektheit, wenn nicht die sklavische Unterwerfung unter das Ideal der universellen Heiligkeit aller Menschen, die ständige Befürchtung, jemanden durch ein unvorsichtiges oder ehrliches Wort zu kränken? Aber zweifellos war es schon immer riskant, die Wahrheit zu sagen.

»Weil du aber lau bist und weder warm noch kalt, werde ich dich ausspeien aus meinem Munde.« Paulus' Vers über die Wohltätigkeit mag für mich als Kind der verwirrendste gewesen sein, aber dieser Vers aus der Offenbarung des Johannes war der Furcht erregendste. Das Christentum stellt uns vor die Wahl eines radikalen Entweder-Oder; und seine tugendhaften Nachfahren haben auch heute noch die Möglichkeit, jemanden aus ihrem Munde auszuspeien, wenn er nicht die richtige Ansicht über Ruanda vertritt. Was mich betrifft, so wusste ich schon immer, dass ich weder warm noch kalt bin. Ich sträube mich gegen das Gebot, alle Menschen gleichermaßen zu lieben. Gute Taten werde ich mein Leben lang immer nur zufällig tun. Dennoch glaube ich, dass es noch etwas anderes geben muss als Bosheit und Gewalttätigkeit, wie zum Beispiel bei der Mafia – oder auch nur generelle Gleichgültigkeit, Gemeinheit, Engherzigkeit – einerseits und die obsessive Vorstellung, es sei unsere Pflicht, alles Übel in der Welt auszurotten, andererseits. Vielleicht liegt der Schlüssel zur Lösung des Problems darin, nicht unbedingt gerettet werden zu wollen, nicht zeigen zu wollen, dass man gut ist. Ich betone daher, dass ich meinen Artikel über Corleone, der in der Zeitung *La Repubblica* erschienen ist, des Geldes wegen geschrieben habe, dass es nicht mein Anliegen war, zur Veränderung der Welt beizutragen. Und sollte ich in diesem Artikel die Entwicklung in der sizilianischen Stadt positiv geschildert haben, wie die Leute meinen, dann liegt das daran, dass ich Cipriani und Turtula sympathisch fand und sie mir vertrauenswürdig erschienen. Denn Leuten, die man mag, hilft man gern.

Kurz vor Weihnachten erhielt ich ein Paket. Ich packte es aus, und ein Benetton-Pullover kam zum Vorschein, obwohl ich klar zum Ausdruck gebracht hatte, dass ich keinen haben wollte. Etwas später, wahrscheinlich Heiligabend, nahm ich, von einer Liedzeile oder vielleicht auch von der Geschichte über ein zweijähriges Kind, das in einem Fischteich ertrunken war, zu Tränen gerührt, unvermittelt meine jüngste Tochter in die Arme. »Lucia!« Ich gab ihr einen Kuss. Sie stolperte und hielt sich am Kragen meines modischen neuen Pullovers fest. »Papa!« An der Naht klaffte daraufhin ein Loch. Ich will nicht behaupten, dass der Pullover von schlechter Qualität ist, aber ich besitze etliche Sachen, die von Grabbeltischen in Kaufhäusern stammen und alle drei Kinder überlebt haben. Von den Wollsachen, die meine Frau mit viel Liebe selber gestrickt hat, will ich gar nicht reden. Vielleicht sollte sich Luciano Benetton zum Wohle der Menschheit einmal mit diesem Problem beschäftigen.

MAGIE

Es muss viel geschehen, ehe ein Mensch einem anderen einen hilfreichen Rat geben kann, schreibt Rilke in *Briefe an einen jungen Dichter*. Durch das großräumige Dozentenzimmer des Anglistikinstituts dringen die Stimmen von zwei Kollegen zu mir herüber, die sich über die Ausführung der Korrekturen bei den Prüfungsaufsätzen der Studenten unterhalten. Offenbar muss entschieden werden, was als Fehler gilt und wie die Fehler gezählt werden: in halben oder viertel Minuspunkten, die von dreißig, der maximalen Punktzahl, abgezogen werden. Ich sitze in meiner Kabine und versuche wie üblich, zu viel auf einmal zu tun. Auf einer Seite meines Schreibtischs liegt ein Stapel Bildbände, die ich rezensieren soll. Ab und zu werfe ich einen Blick darauf und blättere ein, zwei Seiten um, während ich eigentlich mit den Diplomarbeiten meiner Studenten beschäftigt bin. Ein Mann auf einem Kamel spricht in ein Handy. Die Wiege eines Neugeborenen ist mit Fotos ehrwürdiger Rabbis beklebt. »Das in den vierziger Jahren dieses Jahrhunderts verfasste Buch behandelt die sich verändernden Lebensbedingungen von Frauen in einer patriarchalen Gesellschaft vor und während des Zweiten Weltkriegs«, schreibt eine Studentin über Christina Staeds Roman *Letty Fox, Her Luck*. Würde ich ein mit diesen Worten beschriebenes Buch lesen wollen? Aber der Text über Rick Smolans *Passage to Vietnam* ist kaum animierender. Die Bildunterschrift zu einem beeindruckenden Foto von einer jungen Frau, die sich in die Riemen ihres Sampans legt, lautet: »Der Mekong ist 3200 Kilometer lang und teilt sich in neun Arme, ehe er ins Südchinesische Meer mündet.« Soso.

Inzwischen hat sich bei meinen Kollegen eine Meinungsverschiedenheit ergeben. Eine Studentin hat minus fünf Punkte erzielt. »Aber sie ist sehr intelligent. Ich kenne sie.« Das Mädchen hat siebzig Fehler gemacht. Es entspinnt sich eine Diskussion darüber, ob es sich nicht im Grunde immer wieder um denselben Fehler handelt, da sie durchgängig die falsche Zeit benutzt hat. Inhaltlich ist ihre Arbeit interessant. Aber wie lässt sich so etwas quantifizieren? Oder auch die Zuneigung, die der widersprechende Dozent eindeutig für das Mädchen empfindet. »Der Wechsel von der schockierenden Darstellung sexueller Perversionen zum Interesse an der Haltung der Gesellschaft zur Kindererziehung zeugt vom Reifeprozess des Autors«, schreibt eine andere Studentin über Jan McEwan. Mein Blick schweift hinüber zu dem Bild einer Bombayer Prostituierten, die in einer Hütte steht und hinter vorgehaltener Hand lacht. Reife. Wie viel Herablassung in diesem Wort liegt! Aber jetzt ist die erste Studentin zu meiner Sprechstunde erschienen. Fräulein »Mrs. Dalloway«.

Die Innenarchitektur des Dozentenzimmers ist von starren Formen geprägt. Unsere Universität hat vor einiger Zeit einen hellen Neubau in einem Mailänder Industrievorort bezogen. In dem Raum gibt es Dutzende von Kabinen – lila Stofffrauten auf grauen Trennwänden, in die Glasscheiben eingesetzt sind – und dazu die unbarmherzigen Rechtecke der Fußbodenfliesen, der Fenster, Tische, Schränke und Deckengitter. Manchmal frage ich mich, ob diese Umgebung nicht einer mathematischen Pedanterie bei der Beurteilung von Lernerfolgen Vorschub leistet. Genau wie in unserer modernen Welt die Ansicht herrscht, dass etwas, das in ein Schema passt, nicht falsch sein kann – ein Werturteil, das in der Kollokation »rechtwinklig« enthalten ist. Lustigerweise haben die rechtschaffenen Gestalter unseres *palazzo* jedoch nicht an die praktischen Erfordernisse einer Studentensprechstunde gedacht. Der jungen Frau, die gerade meine Kabine betreten hat, bleibt nichts anderes übrig, als sich direkt neben mich zu setzen. In dem Moment, in dem sie ihre langen Beine übereinander schlägt, sich mit ihren Unterlagen in der Hand vorbeugt und mir eine Wolke von Parfüm in die Nase steigt, entsteht eine Intimität, eine Nähe zwischen Mann und Frau, die zwar Thema vieler der Bücher sein mag, über die wir reden, die im Dozentenzimmer jedoch eher unangebracht ist. Vor ein paar Minuten fiel mir beim Betrachten des Bandes *Villen der Toskana* auf, dass die Blößen der Nymphen und Sartyre auf dem Gemälde einer Waldszene sorgfältig mit Feigenblättern bedeckt worden sind.

Rechtwinklig, rechtschaffen. Gibt es womöglich eine Art Pakt zwischen überkommenen Moralvorstellungen und der Informationsgesellschaft? Auf Kosten der tieferen Erkenntnis? Ist es derselbe Pakt, der für die Feigenblätter gesorgt hat? Die Diplomarbeit meiner Studentin enthält, wie so viele andere nützliche Informationen über die Autorin, das Buch, den zeitgeschichtlichen Hintergrund und daneben Lob für die freiheitliche Gesinnung der Autorin. Gelegentlich werden die beiden Stränge verflochten, beispielsweise in der Bemerkung: »Die Autorin lebte in einer Zeit, in der weibliche Schriftsteller benachteiligt waren.« Aber sie werden nie sinnvoll kombiniert, es findet keine relevante Auseinandersetzung mit dem Text oder überhaupt mit irgendetwas statt. Ich gebe der jungen Frau zu bedenken, dass sie nicht einmal ansatzweise erklärt hat, warum *Mrs. Dalloway* ein unterhaltsames, überzeugendes Buch ist – falls es das ist – oder worum es darin wirklich geht. Sie fragt mich, ob sie dieses Semester ihren Abschluss machen kann. In Italien muss jeder Student zur Erlangung eines Diploms eine schriftliche Hausarbeit vorlegen. Für viele von ihnen ist das Abfassen der etwa zweihundert Seiten die größte Qual, die ihnen das Bildungssystem bereitet. Ein Blick auf die schicke Kleidung und den Schmuck der Studentin lässt mich vermuten, dass sie sich wohl kaum wegen der Studiengebühren für ein weiteres Semester Sorgen macht. »Sie könnten an Ihrer Arbeit noch einiges verbessern«, bemerke ich. Sie schaut mich flehend an. Was mich zu der unprofessionellen Frage verleitet, ob sie irgendwelche Probleme hat. »Ich will unbedingt heiraten«, sagt sie. Ich weise darauf hin, dass man keinen Universitätsabschluss vorweisen muss, um in den heiligen Stand der Ehe zu treten. Ihr Blick wird noch flehender. Mit meiner nächsten Frage verlasse ich endgültig das professionelle Schema: »Will Ihr Verlobter Sie erst heiraten, wenn Sie den Abschluss haben?« Erneut schüttelt sie den Kopf »Sie haben vor, aus Mailand wegzuziehen, aber das geht nicht, solange Sie noch studieren?« Da ich inzwischen seit fast zwanzig Jahren in Italien lebe, treffe ich beim dritten Versuch ins Schwarze. »Die Mutter Ihres Verlobten will nicht, dass er eine Frau heiratet, die keine Akademikerin ist?« Sie starrt mich an. Wie habe ich das erraten? Ich füge hinzu: »Und er will seine Mutter natürlich um keinen Preis verärgern.« Sie nickt unglücklich und verlegen, versucht aber zu lachen. Der Mann ist zweiunddreißig Jahre alt. »Es ist das reinste Wunder, dass ich ihn dazu gebracht habe, zu Hause auszuziehen. Er hängt so an seiner Mutter.« Wer wäre besser geeignet als diese junge Studentin, frage ich mich, mir ein paar kluge Überlegungen zu Clarissa Dalloways Angst vor Einmischung zu liefern, zu Virginia Woolfs obsessiver Beschäftigung mit der Privatsphäre und den Ansprüchen, die Menschen aneinander stellen? »Sagen sie Ihrem *fidanzato*«, schlage ich vor, »dass Ihr Tutor der Ansicht ist, Sie seien viel zu begabt, um das Studium übereilt abzuschließen.«

Schon ist es passiert. Ich habe das Leben eines Menschen beeinflusst. Offiziell habe ich natürlich bloß entschieden, ob die Arbeit einer mir unbekannten Verfasserin annehmbar ist. Ich weiß sehr wohl, dass Kategorisierung und Unpersönlichkeit hart erkämpfte Vorzüge sind, ohne die unsere Zivilisation ein schwieriges Unterfangen wäre. Aber was schert mich die Qualität dieser Abschlussarbeit? Ich habe schon schlechtere durchgehen lassen. Nein, meine Entscheidung wurde zumindest teilweise von der völlig unzulässigen Überlegung bestimmt, dass diese junge Frau, wenn sie sich jetzt nicht gegen die Mutter ihres Verlobten durchsetzt, es später noch schwerer haben wird. Aber warum mische ich mich da ein? Warum kann ich keine Trennlinie ziehen?

Ich wende mich wieder den Bildbänden zu. Über ein Cinquecento-Fresko stürmt ein Pferdegespann zur Vergewaltigung der jungen Persephone. Im Zentrum eines Wandbilds in der Rajput-Festung von Kota, auf dem es von Booten, Elefanten, Ringkämpfern und Tänzern nur so wimmelt, reiten eine Prinzessin und ein Maharadscha hinter einem riesigen schwarzen Eber her. Würde ich Mathematik unterrichten, überlege ich beim Betrachten einer attraktiven Vietnamesin, die Gleichungen an die Tafel schreibt, dann wäre das alles kein Problem. Dort ist das Thema selbst der Inbegriff der Abstraktion, ein Spiel mit numerischen Entsprechungen, deren Bezugspunkte uns nicht zu kümmern brauchen, und das Lernen beruht auf reiner Geisteskraft, der Konvention entsprechend einsetzbar: Berechne dies, berechne jenes; bau eine Brücke, spreng sie in die Luft. Aber wie soll man das Wissen, das ich meinen Studenten vermitteln will, kategorisieren, wenn die Bezugspunkte unsere intimsten Gefühle sind? Und wie oder wofür soll man es nutzen, wenn es ein Wissen ist, das die Regeln in Frage stellt und in Verworrenheit schwelgt? Vielleicht wird der Freund nun die Trauung verschieben. Aus verletztem Stolz lässt sie ihn sitzen. Wird womöglich magersüchtig. Und dabei hätten sie glücklich werden können! In dem Buch über Pakistan, fällt mir ein, gab es ein Foto von einem strahlenden jungen Bauernmädchen bei ihrer zweifellos von den Familien arrangierten Hochzeit.

Meine Kollegen haben beschlossen, zuerst alle Fehler anzustreichen und dann zu entscheiden, ob sie als viertel oder halbe Minuspunkte zählen und ob Wiederholungsfehler nur einmal oder mehrfach gezählt werden. Auf diese Weise lassen sich die Resultate besser überprüfen und vertreten. In Ausnahmefällen kann die inhaltliche Qualität zur Begründung zusätzlicher Plus- oder Minuspunkte herangezogen werden. Eine gewisse Einheitlichkeit muss gewahrt bleiben. Ich bin inzwischen ganz besessen von der Diskrepanz zwischen den Texten und den Fotos in den Bildbänden: erstere langweilig und banal – überfrachtet mit Zahlen; letztere eindringlich und gehaltvoll – offensichtlich jenseits jeglicher Zähl- oder Messbarkeit. Man könnte meinen, die Verlage wollten einem möglichen Unbehagen beim Leser vorbeugen. Wir sollen nicht das Gefühl haben, unser Geld für eine reine Fotosammlung vergeudet und nur unsere eskapistischen Gelüste befriedigt zu haben. Nein, wir lernen auch etwas. Eine Frau sitzt in strömendem Regen auf einem Büffel, eine zerbrechliche Schönheit vor einem Hintergrund aus Reisfeldern und Telegrafenmasten. »Es ist noch ein weiter Weg bis zur Stromversorgung aller ländlichen Gebiete«, kommentiert der Text.

Information, Formeln, Moral: Ähnlich wie uns unsere Vorurteile unerbittlich vor Augen geführt werden, wenn wir sie aus dem Mund unserer Kinder hören, werden die Schlupflöcher der Gesellschaft in den Arbeiten meiner Studenten auf klägliche Weise offen gelegt. Wissen ist vor allem das Wissen um die Komik des Wissens. War das nicht die Bürde eines großen Teils von Nietzsches Philosophie? »Nein, die genauen Erscheinungsdaten der Interviews interessieren mich nicht besonders«, sage ich zu meiner nächsten Studentin. Es handelt sich um Fräulein »Letty Fox«, die Verfasserin der Arbeit über Christina Stead. Ich habe nur einen einzigen männlichen Studenten in meinem Kurs. Dies gehört auch zum Schema und hat mit dem Anspruch zu tun, alles Gelernte für ein nutzbringendes Ziel einspannen zu können. Die Männer werden Manager oder Ingenieure: Sie brauchen nichts über Literatur zu wissen. Die Frauen werden Lehrerinnen oder Fremdsprachensekretärinnen. Das ist vollkommen verständlich: Ein Datenträger plagt sich in der Deichsel, während die traditionelle Weisheit die Peitsche schwingt. Dennoch ist es seltsam, dass so viele der Frauen in ihren Arbeiten von feministischen Erfolgen sprechen, obwohl die Universität mit fast moslemischer Strenge zweigeteilt ist.

Ich erkläre gerade, dass man eine Autorin wohl kaum wegen ihrer politischen Ansichten loben kann und man Steads Romanen auch nicht gerecht wird, indem man einfach die darin enthaltenen autobiografischen Elemente aufzeigt, als mir etwas einfällt. Ich habe irgendwo einen wissenschaftlichen Aufsatz über Ovid und die Diskrepanz zwischen schriftlichen

Analysen und bildlichen Illustrationen der *Metamorphosen* gelesen. Die Akademiker nehmen den Mythen ihren Nimbus, wurde in diesem interessanten, wenn auch recht schwierigen Aufsatz behauptet, sie vernichten sie mit ihren wissenschaftlichen und soziologischen Analysen, während die Künstler sie in ihren Bildern und Skulpturen bewahren und stärken, ihre archaische Unmittelbarkeit lebendig und wirksam halten. Aber nur in der Grotte beziehungsweise dem Ghetto der Kunst. Und ich würde mir gern einen Gedanken notieren – was leider nicht geht, denn ich muss der Studentin zuhören, die mir gerade erzählt, dass Stead ebenso wie sie selbst Mitglied der Sozialistischen Partei war –, nämlich den Gedanken, dass derselbe Abgrund wahrscheinlich auch in diesen Fotobänden klafft. Auf der einen Seite fade Informationen, apodiktisch präsentiert. Texte über Geschichte und Fortschritt. Und dann die Bilder, die dem Betrachter mit einer Direktheit, die weit über die Texte hinausgeht, etwas mitteilen: über eine bestimmte Art des Zusammenseins von Männern und Frauen (auf einer Straße in Jerusalem), über ein persönliches Empfinden der Beziehung zwischen Mensch und Landschaft (am Ufer des Toten Meeres). Plötzlich bin ich ganz begeistert von diesem Gedanken und unterbreche das Mädchen mit den Worten: »Das Problem liegt darin, dass ein riesiger Abgrund zwischen der Lebendigkeit des Romans und dem, was Sie darüber schreiben, klafft. Eine echte Leistung wäre es, etwas Interessantes über die Magie des Werks zu sagen.« Erstaunlicherweise schaut das Mädchen mir direkt in die Augen und sagt: »Ich weiß. Aber wie?«

Mittags, bei getoasteten Sandwiches und Coca-Cola, meint eine Kollegin, dass wir keine Werturteile abgeben dürfen, weil diese sich nicht verifizieren lassen. Sie schreibt anspruchsvolle

117

dekonstruktivistische Aufsätze für kleinere Unipublikationen. Die Kantine zeugt vom hartnäckigen Kampf zwischen den rechtwinkligen Konzepten der Architekten und Verwalter und den Bedürfnissen und Vorlieben der Studenten. Rauchen ist verboten, wird aber in der Nähe der Türen trotzdem getan. Auf den Tischen türmen sich Pappteller und Becher, die Stühle stehen kreuz und quer zwischen Taschen und Mänteln herum. Es herrscht lautes Stimmengewirr. »Vielleicht ist es eine Frage der Komplexität«, sage ich. »Man bewundert doch am meisten die Bücher, deren Inhalt und Weltsicht der Komplexität unserer grundlegenden Erfahrungen am nächsten kommen.« Ich wünschte, ich hätte das vorhin zu meiner Studentin gesagt. Deshalb füge ich hinzu: »Und hat es nicht auch etwas mit Auslese zu tun? Ich meine, bei einigen Studenten weiß man intuitiv, dass sie zu den Auserwählten gehören. Gegen diese Intuition ist man machtlos. Manche begreifen einfach, worum es geht, selbst wenn sie es noch nicht formulieren können. Während man bei anderen gleich weiß, dass sie es nie begreifen werden, wie sehr man sich auch bemüht.« Sie widerspricht mir mit dem Argument, das sei reiner Elitarismus. »Die Inder«, erzähle ich ihr, »glaubten, dass einige Menschen von Geburt an einen Teil Gottes in sich trügen. Andere dagegen nicht. Sie nannten das *amsa*.« Daraufhin wird sie richtig wütend. Als nächstes würde ich noch das Kastensystem einführen wollen. Um einen Streit zu vermeiden, wechseln wir das Thema: Wir plaudern über Kinofilme; Woody Allen gefällt ihr sehr gut; Hugh Grant. Und wüsste ich eigentlich, sagt sie plötzlich, sich selbst unterbrechend, dass eine enge Freundin von uns neulich auf einer Konferenz zum Thema »Literatur und das Internet« einen unsittlichen Antrag erhalten hat? Von einem verheirateten Mann! Ist das nicht widerlich? Mit der läppischen Ausrede, dass bei der Hotelbuchung ein Fehler passiert sei und die beiden sich ein Zimmer teilen müssten. Ich grinse. »Sie würden so was doch nicht machen, oder?«, will sie wissen. Über die Magie eines Buchs kann man offenbar nicht reden, aber festzulegen, wie Menschen sich zu benehmen haben, scheint ganz leicht zu sein. Ich frage mich, ob je ein Mann genug Mut aufbringen wird, ihr zu sagen, dass sie sehr schönes Haar hat.

Wittgenstein hat gesagt: »Nicht *wie* die Welt ist, ist das Mystische, sondern *dass* sie ist.« Und als ich wieder allein in meiner Kabine sitze, komme ich zu dem Schluss, dass der Beste von den Bildbänden, die ich rezensieren soll, derjenige ohne Text ist: *Bombay* von Raghubir Singh. Männer in farbigen Shorts mit Zementsäcken auf den Köpfen. Ein dicker, mit einem violetten T-Shirt bekleideter Sitarspieler im Lotossitz. Schultern, die im dichten Verkehr einen Karren ziehen. Jedes Bild strahlt eine Lebendigkeit aus, die nur in dem Sekundenbruchteil existiert, in dem der Fotograf auf den Auslöser drückt: Straßenszenen, durchbrochen von Lichtreflexen auf Schaufenstern und Spiegeln; Slumbehausungen, zerschnitten von einem Sonnenstrahl. Alles ist vielschichtig, aber zugleich erschreckend klar. Und überall Gesichter: bedrückte, lächelnde, lebhafte, zurückhaltende Mienen. Glänzende Augen inmitten von Elend oder Prunk. Die Bilder besitzen eine gefährliche Kraft, die weit über jeden sozialkritischen Kommentar hinausgeht.

Das Telefon klingelt. Eine Studentin aus dem fernen Cagliari ruft an und möchte wissen, mit wie vielen Punkten sie für ihre Arbeit rechnen kann. Das System ist kompliziert. Ihr Notendurchschnitt liegt nur bei fünfundneunzig, aber man darf nicht vergessen, dass sie drei Sprachen studiert hat, daher also drei schriftliche Prüfungen im achten Semester ablegen musste, was die Durchschnittsnote in der Regel senkt. Wird die Prüfungskommission das honorieren, indem sie mehr Punkte für die Diplomarbeit gibt? Wenn sie über hundert Punkte erreicht, dann kann sie sich um ein Stipendium bewerben. »Wie lang muss die englische Zusammenfassung sein?« Sie ist besorgt. Im Hintergrund schreit ein Mann etwas. Vielleicht ihr Vater. »Ungefähr zehn Prozent der Gesamtlänge«, antworte ich. Ganz automatisch und entspannt. Denn wenn es stimmt, dass unsere Gesellschaft einen umfassenden und mühsamen Prozess des Verlernens, des Verwerfens, ja sogar des Vergessens durchmacht, dann bekommen wir im Gegenzug eine Steigerung der Effizienz, das befriedigende Gefühl, dass Dinge erledigt werden. Diplomarbeiten zum Beispiel. »Und sie muss spätestens zwei Wochen vor dem Abgabetermin auf meinem Schreibtisch liegen«, sage ich mit großem Nachdruck.

Die beiden Kollegen in der Kabine nebenan, die sich mit den mehrfach erwähnten Prüfungsarbeiten herumschlagen, sind vom Mittagessen zurück und diskutieren darüber, ob es zwingend nötig ist, für eine Handlung, die vor der erzählten Zeit stattgefunden hat, das Plusquamperfekt zu benutzen. Darf man schreiben: »Er sagte, dass sie früh nach Hause ging«, oder muss es heißen: »früh nach Hause gegangen war«? Ich bin schon etwas spät dran und mache mich auf den Weg zu meinem Seminar. Aber vor ihrer Kabine bleibe ich kurz stehen und sage: »In Irland sagt man: ›Er hatte gesagt, dass sie früh nach Hause ging.‹« Wir lachen, denn jeder weiß, wie verrückt es ist, so etwas genau festzulegen. Aber bestimmte Dinge sind auf jeden Fall falsch.

Ich bin in dem Aberglauben befangen, dass der kommunizierte Inhalt um so oberflächlicher ist, je ausgefeilter die Kommunikationsmittel sind. Vielleicht ist das eine Folge meines Fernsehkonsums. Oder der Lektüre der Reden bei Thukydides. Jedenfalls schalte ich im Seminarraum das Mikrofon nicht ein. Auch den Videomonitor nicht. Schließlich nehmen nur zwanzig Studenten an dem Kurs teil, und das Problem besteht nicht darin, mich akustisch verständlich zu machen, sondern darin, verständlich auszudrücken, was ich zu wissen glaube. Oder eindeutig nicht weiß. Ich bitte eine Studentin, ihr Handy auszuschalten. Zwei oder drei stellen ihre Kassettenrekorder bereit. Unser Thema ist das Verhältnis verschiedener Romane zu der Sprache, in der sie geschrieben wurden. Was passiert, wenn man sie übersetzt? Ich führe Beispiele an und fordere die Studenten auf, die unterschiedliche Gewichtung in englischen und italienischen Satzstrukturen zu beachten. Ich habe Anekdoten auf Lager, Faustregeln, Kommentare zu den Ursprüngen und der geschichtlichen Entwicklung der verschiedenen Sprachen. Denn ich muss ihnen Futter für ihre Notizen liefern. Aber hinter all dem, das weiß ich, steckt etwas, das so flüchtig und unergründlich ist wie das Leben selbst. Jenseits aller Entsprechungen oder Prinzipien sucht man blind nach einem Ort, wo Wort und Geist verschmelzen, nach der Offenbarung des Geistes vor sich selber, durch das Wort und durch die Welt. Die Fensterfront hinter den Köpfen der Studentinnen geht auf schäbige Fabrikgebäude und qualmende Industrieschornsteine hinaus. Das Blau des Winterhimmels wird langsam blasser. Um Punkt halb fünf wird ein Güterzug meine Stimme übertönen, während er an einem nahe gelegenen Zigeunercamp vorbeirumpelt. Plötzlich wird mir bewusst, dass zwanzig Augenpaare verwirrte und amüsierte Blicke austauschen. Anscheinend habe ich eine längere Sprechpause eingelegt als üblich.

Das kann man natürlich sowohl positiv als auch negativ sehen. Es hängt vermutlich davon ab, ob man verzweifelt nach Antworten sucht oder gelernt hat, den Wert von Fragen zu schätzen. Ich habe einmal in einer Lebenskrise, als ich ungefähr so alt war wie die Mädchen, die jetzt vor mir sitzen, folgendes aufgeschrieben: »Man bedenke die Ironie, die darin liegt, einen Geist zu haben, der sich einmal für groß genug hielt, um alles zu erfassen. Doch das ist er nicht. Immer wieder flüchtet er sich in die Verwirrung. Bis die Verwirrung das ist, was er am Besten kennt. Was er kennt, sind wiederholte, teils akribisch geplante, teils spontane, immer jedoch vergebliche Annäherungen an den Nebel der Verwirrung.« Aber an lichteren Tagen, und besonders nachdem man einen bestimmten Punkt im Leben überschritten hat, ist man geneigt, diese Verwirrung Magie zu nennen oder *maya*, wie Raghubir Singh sie wahrscheinlich bezeichnen würde. »Das war die Güterzugpause«, sage ich zu den Studentinnen. »Ich war nur ein bisschen zu früh dran.«

Nach meiner Rückkehr ins Dozentenzimmer bereite ich mich auf die Ankunft der letzten Studentin für heute vor. Sie ist die intelligenteste von allen, und ich setze große Hoffnungen auf sie. Anhand des Vergleichs zwischen der italienischen Übersetzung von *Liebende Frauen* und dem Original versucht sie aufzuzeigen, worum es in dem Buch wirklich geht und auf welche Weise die Gefühle, die es beim Lesen auslöst, erzeugt werden. Immer wieder regt sie sich über irgendwelche neuen Details auf, die sie aus Lawrences Leben erfahren hat: Meistens sind es ungeheuerliche Bemerkungen, die er auf Kosten von Frauen gemacht hat. So etwas hätte sie von einem bedeutenden Schriftsteller nicht erwartet. Aber sie ist scharfsinnig, mit Eifer bei der Sache, und ihre Analysen sind treffend. Eine Wolke ihres

Parfüms durchzieht meine Kabine. Ob ich wohl mit ihr über die Gedanken, die ich mir vorhin gemacht habe, reden könnte? Vielleicht anknüpfend an Lawrences Beharren auf der Zusammengehörigkeit von Verdorbenheit und Vitalität, an seine fast zwanghafte Verwendung antithetischer Kollokationen. Sie nimmt wenige Zentimeter von mir entfernt Platz. »Also, zum Thema der biblischen Sprache in dem Kapitel ›Ein Ausflug‹ …« Aber meine Studentin unterbricht mich. Sie legt eine zarte Hand auf meinen Arm. Sie hat beschlossen, ihre Diplomarbeit nicht fertigzuschreiben. Ihr ist ein Job in London angeboten worden. Es ist zwar kein guter Job, aber sie wird ihn trotzdem annehmen. Sie will unbedingt von zu Hause weg.

Der genaue Wortlaut des Zitats aus dem Rilke-Brief ist: »Denn im Grunde, und gerade in den tiefsten und wichtigsten Dingen sind wir namenlos allein, und damit einer dem andern raten oder gar helfen kann, muss viel geschehen.« Und vielleicht ist diese Schlussfolgerung nur die logische Konsequenz einer anderen Bemerkung dieses deutschen Dichters, die da lautet: »Die Dinge sind alle nicht so fassbar und sagbar, als man uns meistens glauben machen möchte.« Wie auch immer, nach Feierabend mache ich mich auf den Weg zum Bahnhof. Dort angekommen, muss ich den Fahrplan konsultieren. Fährt der Zug um 18:15 nur am Wochenende? Ist es ein *rapido* oder ein *interregionale*. Muss ich einen Zuschlag lösen? Erste oder zweite Klasse? Welcher Bahnsteig? Nicht vergessen, die Fahrkarte zu entwerten! Es ist kompliziert, aber man entwickelt schnell eine Routine – die Gänge, die Rolltreppen –, meine Studentin hingegen widerstand allen Versuchen, sie davon zu überzeugen, dass ihr Entschluss ein Fehler war. Der Zug bewegt sich zielsicher durch das Gleisgewirr – genau wie der geübte Verstand durch die Labyrinthe der mathematischen

Gleichungen, der grammatikalischen Verwicklungen, der Regeln und Vorschriften, des Internet. Man ist natürlich zu Recht stolz auf die eigene Effizienz, aber was uns wirklich reizt, ist das Geheimnisvolle. Vermutlich borgte sie sich eine Formulierung von Lawrence aus, als sie sagte: »Dieser Wunsch keimt schon lange in mir.« Ruhelos hole ich die Bildbände aus meiner Tasche. Eine marmorne Nymphe in prächtiger barocker Umgebung macht eine verführerische Geste. In der Brandung vor Nam Ha laufen Fischer auf Stelzen herum. Zu meiner Linken sehe ich durch die Reflexion meines eigenen Gesichts die Lichterketten, die sich über die winterliche Landschaft bis hin zu den Alpen erstrecken. Nur das, was sich der Schematisierung entzieht, versetzt den menschlichen Geist in die Verwirrung, nach der er verlangt, in die Ruhe des Staunens. Trotz aller rechten Winkel kann die verrückte Entscheidung einer jungen Frau immer noch die Magie dessen, was ist, unsere wahre, unvergleichliche Heimat spürbar machen. Nach dieser aufmunternden Erkenntnis schlafe ich plötzlich ein.

SCHICKSAL

Es gibt Menschen, die immer noch glauben, dieses Wort habe eine Bedeutung. Einer davon ist ein alter Mann, der mit über siebzig Jahren meinte, sich weiterhin mit seiner Frau streiten zu müssen. Ich möchte wissen, was in dem Moment in ihm vorging, als er die Treppe herunterkam und seinem Schwiegersohn mit Tränen in den Augen verkündete: »Dies ist mein Schicksal.«

Man kann ein Menschenleben nicht in einem dicken Buch abhandeln, geschweige denn auf wenigen Seiten. Dennoch muss der erwähnten dramatischen Begebenheit eine andere vorangestellt werden. Der Schwiegersohn – nennen wir ihn Frank – telefoniert gerade mit Angelo, dem Bruder seiner Frau und Sohn des alten Mannes, den wir im Folgenden Babbo nennen werden, was auf Italienisch Papa bedeutet. Die beiden jungen Männer, Frank und Angelo, der eine Amerikaner, der andere Italiener, reden darüber, dass die beiden alten Leute sich scheiden lassen wollen. Oder es jedenfalls behaupten. Angelos Mutter, Mamma, verlangt den gesamten Besitz, die Hälfte von Babbos Rente und zusätzlich genug Geld für die Versorgung des ältesten Sohns, der schizophren ist und zur Zeit in einem geschlossenen Heim sein Dasein fristet. Angelo sagt am Telefon, er habe mit seinen Eltern endgültig abgeschlossen. Er will sie nicht sehen und weigert sich sogar, mit ihnen zu sprechen. Babbo war schon immer eine Schande für die Familie, sagt er.

Dauernd hat er sich an andere Frauen rangemacht und es nicht mal vor Mamma verheimlicht. Geschieht ihm recht, wenn er jetzt in der Tinte sitzt. Frank wendet ein, dass es ziemlich schwierig ist, mit Mamma auszukommen: Sie ist eine herzliche, aber aufbrausende Frau, die schnell mit Anklagen und Schuldzuweisungen bei der Hand ist, Türen knallt und schmollt. »Immerhin hat sie die Hotelrechnung«, sagt Angelo und bezieht sich damit auf den Seitensprung, den Babbo kürzlich mit einer Mieterin der oberen Wohnung, einer unattraktiven Mittvierzigerin, begangen haben soll. »Hör mal«, sagt Frank und tauscht dabei einen Blick mit seiner in der Küchentür stehenden Frau Marta, der einzigen Tochter der Familie, »niemand bestreitet, dass Babbo sich mies benommen hat, dass er rumgebumst hat, aber er hat euch Kindern die Ausbildung bezahlt und auch für Stefano« – das ist der Schizophrene – »getan, was er konnte. Ich begreife nicht, wieso du ihn oder besser noch deine Mutter nicht für ein oder zwei Nächte bei dir schlafen lässt, denn mit beiden gleichzeitig werden wir hier nicht fertig.« Kaum liegt der Hörer wieder auf der Gabel, kommt Babbo, zu Franks und Martas großer Überraschung, vom oberen Treppenabsatz, wo er gelauscht hat, zu ihnen herunter. Die beiden jüngeren Leute haben angenommen, er hole gerade ihre Kinder von der Schule ab. »Vielen Dank, dass du mich in Schutz genommen hast«, sagt Babbo lächelnd, »aber merk dir bitte eins: Was immer man mir auch nachsagt, ich habe niemals, wie du es ausdrückst, ›rumgebumst‹.« Er wirkt äußerst zufrieden mit diesem würdevollen Auftritt, bei dem er keinerlei Ähnlichkeit mit der zitternden, heulenden Gestalt hat, die am folgenden Nachmittag dieselbe Treppe hinuntersteigen wird.

Wie auch immer, Sie dürften einen ersten Eindruck gewonnen haben. Wir haben es mit einem Leben voller unangenehmer Ereignisse zu tun. Mit einer Familie, in der niemand die Vergangenheit ruhen läßt. Streitigkeiten, Kriegsbeile, Leichen werden nur begraben, damit man sie später wieder ausgraben kann. Verfall, der vor Vitalität nur so strotzt. Babbo kündigt an, sich, genau wie beim letzten Mal, rechtzeitig vor Mammas Ankunft in ein Hotel zu verdrücken. Dann schimpft er minutenlang über sie. Zweifellos wird sie umgekehrt dasselbe tun, sobald sie ankommt.

Beim »letzten Mal« – das erst ein paar Tage her ist – kam Mamma zu uns nach Norditalien, um den schizophrenen Stefano zu besuchen, dessen Heim sich hier in der Nähe befindet. Er hatte ausnahmsweise eine Ausgangserlaubnis, allerdings unter der Bedingung, dass beide Eltern ihn begleiten. Da sich Babbo geweigert hatte mitzugehen, gab sie vor, ihr Mann warte im Wagen, weil sie im Halteverbot stünden. Der Angestellte des Heims ließ sich jedoch nicht darauf ein. Beide Elternteile mussten eigenhändig unterschreiben. Seitdem hat Mamma panische Angst, nie wieder mit ihrem ältesten Sohn zusammen sein zu können, falls Babbo stur bleibt. Genauso wie sie den Jungen – denn in ihren Augen ist der fettleibige Fünfundvierzigjährige immer noch ein Junge – nur zu zweit zeugen konnten, können sie ihn jetzt nur zu zweit besuchen. Eine Scheidung kommt daher nicht mehr in Frage. Es ist ein Knoten entstanden, der sich nicht so ohne weiteres lösen lässt.

Eine Methode, sich mit solchen Gordischen Verschlingungen auseinander zu setzen, besteht natürlich darin, ein scharfes Schwert zu zücken. Auf diese Weise hat Alexander sein Königreich um riesige Gebiete erweitert, auf diese Weise haben unzählige andere sich von ihren Ketten befreit, um sich auf neue Ehen, neue Zwangslagen einzulassen: Die Klinge saust nieder, das Eisen zerspringt, die Menschen können durchatmen und bereuen. Da Babbo nun schon seit über sechs Wochen aus seinem Haus ausgesperrt ist, nämlich seit Mamma die Kreditkartenabrechnung entdeckt hat, auf der die Kosten für ein Doppelzimmer in einem nahe gelegenen Hotel am Meer aufgeführt waren, behauptet er, an diesem kritischen Punkt angekommen zu sein. Er wohnt seitdem bei seiner Tochter Marta und seinem Schwiegersohn Frank. Aber obwohl die legendäre Klinge schimmernd um seinen kahlen Schädel kreist, saust sie aus irgendeinem Grund nicht nieder, um den Knoten zu durchtrennen, sondern beschreibt nur Schnörkel in der Luft. Die Trennung ist noch nicht vollzogen. Allmählich regt sich bei Marta und Frank der Verdacht, dass Babbo bloß versucht, Mamma eifersüchtig zu machen, indem er die Enkelkinder, vor allem das jüngste, ihre entzückende zwei Jahre alte Tochter, mit Beschlag belegt. Es sei denn, dass schlicht und einfach nichts weniger geeignet ist, Veränderungen herbeizuführen als das Reden über Veränderungen. Vielleicht wird das Schicksal durch Träume von Zufällen und plötzlichen Umschwüngen besiegelt. Deshalb betete Jesus in Gethsemane, der Kelch möge an ihm vorübergehen, obwohl ihm klar war, dass dies nicht dem Willen seines Vaters entsprach.

Dann wiederum gibt es Menschen, die behaupten, solche Verwicklungen könnten mit Geduld entheddert werden. Und sei es nur, um sie genauer zu betrachten. Es sind dies die Experten, die Therapeuten. Frank, als typischer Amerikaner, versucht beispielsweise, nachdem er die beunruhigende Feststellung gemacht hat, dass er durch seine Heirat auf ein Terrain voller flacher Gräber mit ganz entschieden nicht in Frieden ruhenden Leichen geraten ist, sich einen Überblick zu verschaffen, indem er ein Buch mit dem Titel *Die psychotischen*

Spiele in der Familie liest – eine weitere Metapher für verschleppte Konflikte, derzufolge die Exhumierungen und die verzwickten Probleme aus analytischer Sicht als Zug und Gegenzug in einem festgefahrenen Spiel angesehen werden können.

Die Lektüre bringt Frank auf die Idee, die Dinge offen zur Sprache zu bringen. »Flieh nicht wieder ins Hotel, wenn Mamma herkommt«, sagt er zu seinem italienischen Schwiegervater. »Das wäre genauso ein Zeichen von Schwäche, wie mit ihr mitzugehen, bloß weil sie dich abholen kommt. Dann wird diese Sache nie ein Ende finden. Wäre es nicht besser, wenn ich sie an der Tür abfangen und ihr sagen würde, dass du sie nicht sehen willst, dass es dir mit der Scheidung ernst ist und sie bei Angelo bleiben soll, bis alles geregelt ist? Vielleicht gelangen wir auf diese Weise zu einer Lösung.« Deshalb findet ein paar Stunden später das bereits geschilderte Telefonat statt, in dessen Anschluss Babbo gravitätisch seinen Schmerbauch die Treppe einer Vorstadtwohnung hinunterschiebt und sowohl seine Unschuld als auch seine Entschlossenheit betont.

Die zentrale These des Buchs *Die psychotischen Spiele in der Familie* besagt, dass die Familien von schizophrenen Kindern durch die andauernden, nicht beizulegenden Feindseligkeiten zwischen den Eltern gekennzeichnet sind, die beide versuchen, das bedauernswerte Kind in der Auseinandersetzung mit ihrem Ehepartner als Verbündeten auf ihre Seite zu ziehen. Auf Grund seiner Sehnsucht, erwachsen zu werden, begrüßt das Kind diese Vertrautheit, merkt aber später, dass es nur eine Trumpfkarte in dem Spiel zwischen Mutter und Vater gewesen ist. Dann können sich, wenn noch etliche andere Faktoren hinzukommen, die Desillusionierung und der

Groll unbewusst ein Ventil in pathologischem Verhalten suchen.

Beim Lesen dieses schlauen Textes entdeckt Frank viele Parallelen zu dem, was er über Martas Familie weiß, und er muss, vielleicht wegen des Vergleichs mit einem Spiel, denn der Verstand wird von Analogien stets zu Kreativität angeregt, an Schach denken. Babbo und Mamma, die er beide liebt, sind mittlerweile weit über die komplizierten Manöver in der Mitte der Partie hinaus, die womöglich zu Stefanos Schizophrenie beigetragen haben. Es ist zwecklos, die Vergangenheit ungeschehen machen zu wollen, zwecklos, sich zu sagen: Wenn ich doch nur diesen oder jenen Zug zurücknehmen könnte, oder: Wenn ich doch nur eine andere Eröffnung gespielt hätte … Nein, die beiden alten Leute stecken in einer der typischen Endspielpositionen, in denen weder Schwarz noch Weiß gewinnen kann. Die Könige ziehen rastlos von Feld zu Feld, jagen sich und weichen sich aus, aber keiner verfügt mehr über genügend Schlagkraft, um den anderen zu besiegen. Es wird daher Zeit, ihnen zu sagen, dass den Regeln zufolge von dem Moment an, wenn keine Bauern mehr im Spiel sind, nur noch maximal fünfzig Züge verbleiben, um ein Patt zu vermeiden. Dann ist Schluss, die Gegner müssen sich trennen, und das Brett wird geräumt.

Frank macht sich große Hoffnungen.

Das junge Paar weiß, dass Mamma tatsächlich wiederkommen wird, denn ihre Nachbarn aus ihrem fünfhundert Kilometer entfernten Wohnort haben angerufen, um mitzuteilen, dass die alte Dame, nachdem sie von ihrem letzten Versuch, ihren kranken Sohn zu besuchen, erschöpft heimgekehrt war, ein paar Tage allen möglichen Leuten gegenüber ihrem Zorn Luft gemacht hat und dann wieder abgereist ist. Heute Morgen in aller Frühe. Und zu wem sollte sie schon fahren, außer zu Stefano und Babbo? *Stefano via Babbo,* würde Mamma sagen. Obwohl *Babbo via Stefano* vielleicht eher der Wahrheit entspricht. Auf jeden Fall kommt dieser warnende Anruf der Nachbarn für niemanden überraschend. Jedes Drama findet und braucht Zuschauer und Bühnenpersonal. Ohne die Scheinwerfer, ohne die *Schadenfreude,* die sie bei anderen erwecken, würden die Akteure kaum motiviert genug sein, um vollen Einsatz zu zeigen. Hätte der Schauspieler in »Hamlet« ohne Publikum um Hekuba geweint? Als Mamma jetzt, vermutlich im vollen Bewusstsein, erwartet und sogar beobachtet zu werden, durch den Vorgarten marschiert, sieht sie wahrhaftig erschöpft und derangiert aus, aber immerhin scheint sie zu wissen, was sie tun wird, denn sie hat ihre Rolle geprobt, und deshalb strahlt sie nicht unbedingt Freude, aber doch immerhin Entschlossenheit aus, die trotzige Befriedigung, sich auch im Unglück ihrer selbst und der Aufmerksamkeit der anderen gewiss zu sein. Jesus hätte möglicherweise weniger gelitten, wenn sein Vater den Kelch an ihm hätte vorübergehen lassen, aber wer wäre er ohne die Kreuzigung schon gewesen? Oder Robert Scott, wenn er lebend zurückgekehrt wäre? Oder Nelson ohne die letzten Worte: »Kismet, Hardy«? Und wenn nur der unsterblich wird, der sein Schicksal annimmt, dann versteht es sich von selbst, dass ein andächtiges Publikum zu energischem Handeln motiviert. Auch wenn das zu Unannehmlichkeiten führt. In dieser Hinsicht wird Mamma niemanden enttäuschen.

Aber Frank ist vorbereitet. Noch ehe Mamma klingeln kann, öffnet er die Tür und begrüßt sie, während sie die Treppe zu der Maisonette hochsteigt. Höflich fragt er sie, wieso sie unangemeldet zu Besuch komme? Sonst habe sie doch immer vorher angerufen. Und er teilt ihr so freundlich wie möglich mit, dass sie lieber zu Angelo oder in ein Hotel gehen soll. Bis die Sache mit ihrem Ehemann geregelt ist. Denn Babbo ist es ernst mit der Scheidung, sagt Frank zu Mamma. Sie drängt sich an ihm vorbei, geht, ohne ihren Mantel auszuziehen, direkt in die Küche, öffnet den Kühlschrank und nimmt Käse, Brot und Wein heraus. Vielleicht weiß sie, dass sie Kraft brauchen wird, denn sie schlingt das Essen voller Verachtung hinunter. »Er hat sich nach oben verkrochen, stimmt's?« Und Mamma stellt klar, dass sie ohne ihn nicht weggehen wird. Ohne ihn kann sie Stefano, ihren erstgeborenen Sohn, nicht sehen.

Mamma trinkt zwei Wassergläser Wein, ehe es Frank gelingt, ihr die Flasche wegzunehmen. Marta ist leider unterwegs, deshalb ruft er Angelo an und bittet ihn zu kommen. Angelo flüchtet sich in Ausreden. Dennoch ist Frank fest davon überzeugt, das Richtige zu tun: Diese beiden, sagt er sich, Babbo und Mamma, bereiten einander und ihrer Umgebung nichts als Ärger. Es ist höchste Zeit, ihnen zu helfen, sich selbst zu helfen. Er verfällt in die gefährliche und für die heutige Zeit sehr typische Euphorie eines Menschen, der glaubt, mit ein bisschen Fachwissen und den entsprechenden therapeutischen Techniken könnte man jahrzehntelangen Feindseligkeiten ein Ende machen. Wahrscheinlich ähnelt er darin einem amerikanischen Außenminister bei einer Nahost-Friedensmission.

Jetzt kommen die beiden älteren Kinder von Frank und Marta von der Schule nach Hause. »Allein der Gedanke«, brüllt Mamma gerade, »dass dieser Mistkerl seine Kinder geküsst hat, wenn seine Lippen noch klebrig waren von den Schlüpfern seiner dreckigen Schlampen.« Frank erwidert, er dulde solches Gerede nicht, schickt die Kinder nach oben und erlaubt ihnen fernzusehen. Sie muss das Haus verlassen, wenn sie sich nicht mäßigt. Sie muss das Haus sowieso verlassen, denn Babbo weigert sich, sie zu sehen. Während er das sagt, wird Frank bewusst, dass Babbo, der ohne Frage am oberen Treppenabsatz lauscht, nun von den Geräuschen japanischer Zeichentrickfilme aus dem Hintergrund gestört wird: Ken Shiro und die Okutu-Technik. »Du wirst dich viel besser fühlen, wenn du dich erst einmal von deiner Obsession befreit hast«, erklärt Frank seiner siebzigjährigen Schwiegermutter und fügt hinzu, er sei sicher, dass Babbo nach ein paar Wochen heilsamer Trennung bereitwillig mit ihr zusammen Stefano besuchen werde. Und da niemand in dieser Familie je endgültig mit irgendetwas abgeschlossen hat, steht plötzlich Angelo vor der Tür.

Kann es sein, dass alles, was am Leben teilhat, alles Wesentliche vollkommen aus dem Gleichgewicht gebracht ist? Ist das die Ungeheuerlichkeit, die allem anderen zu Grunde liegt? Dass nur die Kranken interessant sind? Dass nur das Leid einen Sinn stiften kann, während nichts die existenzielle Leere besser zu füllen mag als ein sprühender neurotischer Verstand, als das Hin und Her in einer kämpferischen Beziehung? Wie auch immer, Angelo unternimmt einen Beschwichtigungsversuch. »Ganz ruhig, Mamma. Komm mit zu mir. Ich lade dich heute Abend zum Essen ein.« Mamma gerät in Rage. Ohne Babbo wird sie dieses Haus nicht verlassen. Dieser elende Feigling traut sich nicht einmal herunter, um mit ihr zu reden! Frank gibt ihr ein Glas Wasser mit ein paar Tropfen Beruhigungsmittel. Sie tut so, als würde sie es trinken, aber in Wirklichkeit schüttet sie es in das Goldfischglas der Kinder. »Was Gott zusammengefügt hat«, kreischt sie, »soll der Mensch nicht trennen!«

Dann erhöht Frank den Einsatz. Er sagt zu Mamma, er werde sie rauswerfen oder sogar die Polizei rufen, wenn sie nicht freiwillig geht. Denn durch das Buch, das er gelesen hat, ist ihm klar geworden, wie stark die Kräfte sind, die in solchen Situationen mobilisiert werden. Aber vielleicht hat er sich auch durch den therapeutischen Ansatz des Buchs irreführen lassen und eine der versteckten Botschaften übersehen: dass die Eltern von Schizophrenen zwar nur selten heitere Menschen sind, ihre ständigen Streitereien jedoch nicht gerade als Unglück empfinden. Oder zumindest nicht als furchtbares Unglück. Vielmehr, und das ist schon fast rührend, scheinen diese kämpferischen Eheleute einander zu brauchen, ähnlich wie die zankenden Figuren in Becketts Stücken, die andauernd verkünden, sie hätten endgültig genug, aber niemals gehen. Zwar ist es schlimm, wenn durch diese Mechanismen das Leben eines Dritten zerstört wird, aber das ändert nichts daran, dass solche Eheleute sich gegenseitig das Blut aussaugen. Sie gleichen Vampiren, die ihre Zähne genüsslich in den Hals des anderen gebohrt haben. »Eher bringe ich mich um, als ohne ihn wegzugehen!«, schreit Mamma und greift nach dem Brotmesser.

Aber was denkt Babbo oben auf dem Treppenabsatz? Denn mein Interesse gilt vor allem seinen Überlegungen und weniger Mammas melodramatischem Auftritt. Sie weiß, was sie will, er hingegen zögert. Jedenfalls scheint es so.

Vermutlich ist er sich der verschiedenen Alternativen bewusst. Verspürt er Genugtuung angesichts ihrer Entschlossenheit, ihn nicht aufzugeben? Gibt das seinem Leben einen Sinn? Oder empfindet er Abscheu? Oder beides? Will er nur abwarten, ob sie geht, ehe er nachgibt? Oder denkt er an die Frau, mit der er die Affäre hatte? Sofern er sie hatte. Oder sogar an andere Frauen? Vielleicht ist sein Leben ein Garten, der mit

Was-wäre-Wenns überwuchert ist, und er ein Laie, der zaudernd vor einem Beet steht, weil er nicht weiß, welche beiden von drei Pflanzen er herausreißen muss, damit die verbleibende wachsen kann. Könnte es daher sein, dass Frank falsch liegt? Dass nicht Babbos Unfähigkeit, seine Frau zu verlassen, das Problem ist, sondern vielmehr seine Unfähigkeit, sich frohgemut und endgültig für sie zu entscheiden? Oder zu erkennen – denn das ist eine weitere Möglichkeit –, dass er keine Wahl hat.

Babbo kratzt sich seinen kahlen, fleckigen Schädel und wendet sich der Fernsehsendung zu, in der gerade ein Meister einer obskuren Kampfsportart die Welt, wenn nicht gar das ganze Universum rettet. Die Kinder starren wie gebannt auf den Bildschirm. Wenn Leben bedeutet, ein Sklave der Verlockungen des Möglichen zu sein – der Mensch hofft, so lange er lebt –, dann wird das Erkennen des Schicksals vermutlich bewirken, dass man sich dem einzig Möglichen fügt, die eigene Sterblichkeit akzeptiert: Dies ist mein einziges Leben, mein einziges Abenteuer, die einzige Frau, die zwischen mir und dem Tod steht. Aber sollten wir uns verpflichtet fühlen, unser Schicksal zu bestimmen, anstatt es bloß zu erkennen, nachdem alles bereits geregelt ist? Und ist es überhaupt Schicksal, wenn wir es selbst bestimmen? Oder bloß ein Fehler? James Boswell zitiert Samuel Johnson mit der Bemerkung, dass die Gesamtsumme menschlichen Wohls und Wehes sich nicht allzu sehr veränderte, würde den Menschen ihr Ehepartner vom Standesamt aufgezwungen. Beim Lesen dieser Worte kommt einem spontan der Gedanke, dass Johnson uns sagen will, dass in Bezug auf die Vermählung von Mann und Frau eine zufällige Auswahl genauso viel oder wenig Erfolg verspricht wie eine wohlüberlegte Entscheidung, und dass man nicht wissen kann, mit wem man glücklich werden wird oder mit wem einem ein Gewinn bringendes Unglück beschert gewesen wäre. Aber andererseits könnte Johnson auch gemeint haben, dass wir uns, wenn unser Ehepartner uns aufgezwungen worden wäre und deshalb als Schicksal statt als unsere eigene Wahl angesehen würde, nicht so viel beklagen würden. Gemeint sind damit die Klagen, die manche Leute anstimmen, weil sie als Mann oder als Frau geboren wurden oder weil sie zufällig in Asien oder in Edinburgh aufgewachsen sind. Der Ehepartner würde als fester Bestandteil der Umgebung akzeptiert, mit dem man sich abfinden muss: Bei schönem Wetter erscheint er sympathisch, bei herbstlichem Nieselregen lästig, bei aufziehenden Sturmwolken bedrohlich. Aus der unteren Etage ertönen ein lautes Kreischen und die Geräusche eines Handgemenges.

Doch wie kann es dann passieren – und Babbo hat diesen Gedanken Frank gegenüber einmal geäußert, denn er hat gemäß dem uralten Spiel der Partner, bei dem Außenstehende becirct werden, um den anderen zu verletzen und bei der Stange zu halten, mehrfach versucht, seinen Schwiegersohn als Verbündeten gegen Mamma zu gewinnen –, wie kann es dann passieren, dass man sich für etwas entscheidet, sich dann aber im Laufe der Jahre das Gefühl einschleicht, es sei einem aufgezwungen worden, so wie ein grausames, von höchster Stelle erlassenes Gesetz? Weswegen man die Verantwortung für die Wahl tragen muss und gleichzeitig die Ohnmacht des Opfers empfindet. Das ist entmutigend, hätte aber immerhin zu Resignation geführt, wäre nicht durch die Möglichkeit der Scheidung der Deckel von der Schlangengrube genommen worden. In der westlichen Welt beruhten alle Entwicklungen – alle gesellschaftlichen Entwicklungen – der jüngs-

ten Zeit auf dem lobenswerten Ziel, »die persönlichen Ent-
scheidungsmöglichkeiten zu vergrößern«, uns »mehr Kontrolle über unser Leben« zu verschaffen und so die Macht
des Schicksals zu verringern. Und dennoch… »Lassen Sie
ein dreijähriges Kind nicht selber auswählen, was es essen
will«, steht in dem Buch über Kinderpsychologie, das ich
kürzlich gelesen habe. »Der Entscheidungsdruck würde es
überfordern.« Aber von welchem Alter an ist man davon
nicht mehr überfordert? Empfängnisverhütung, Abtreibung,
Sterbehilfe – der Papst jedenfalls ist überzeugt, dass wir für
solche Entscheidungen nicht mündig genug sind, genau wie
wir vielleicht nicht mündig genug waren, um den Text der
Heiligen Schrift in unserer Muttersprache zu hören. Denn
wenn wir selber Entscheidungen treffen müssen oder uns
der Illusion hingeben, dass dem so ist, wem können wir dann
die Schuld geben, falls etwas schief geht? Gewiss, die Psy-
choanalyse hat uns als Ausrede die von unseren Eltern ver-
schuldeten Komplexe angeboten: Ich treffe im Leben immer
wieder falsche Entscheidungen, weil ich von diesen beiden
Monstern aufgezogen wurde (Schwager Angelo macht jedes
Mal Gebrauch von dieser bequemen Erklärung, wenn wieder einmal eine seiner Beziehungen scheitert). Aber das ist
bloß armseliger und verdrehter Determinismus, als Ersatz
beispielsweise für einen Orakelspruch: Dieser Junge wird seinen Vater umbringen und seine Mutter heiraten; oder für ein
Kastensystem, das einem erlaubt, sich hinzustellen und zu erklären: Ich bin, was ich bin, ob es mir nun passt oder nicht,
weil es mir durch meine Geburt vorherbestimmt ist; ich bin
mit dieser Frau verheiratet, ob es mir nun passt oder nicht,
weil unsere Familien uns, nach Befragung der Hausgötter,
füreinander ausgesucht haben. Je mehr äußere Zwänge mir

auferlegt werden, desto größer ist meine Freiheit, darüber nachzudenken. Da möchte man wirklich nicht in einer Zelle eingesperrt sein.

Im unteren Stockwerk kreischt Mamma immer noch herum. Sie hat das Messer nicht gegen sich selbst gerichtet, sondern gegen Frank, der den Telefonhörer abgenommen hat, allerdings nur, um sie zu bluffen, und nicht, weil er tatsächlich die Polizei holen will. Angelo, der zu seiner Befriedigung wieder einmal im Wahnsinn seiner Eltern die Erklärung für seine beträchtlichen persönlichen Probleme findet, versucht Mamma die Waffe zu entwinden. Gleichzeitig läuft Babbo oben, während die Kinder sich den Zeichentrickfilm anschauen, hin und her und sinniert über die altbekannte Pattsituation. Er ist in den zwanziger und dreißiger Jahren aufgewachsen. Damals gab es in Italien keine Scheidungen und keine realistische Aussicht auf Besserung der wirtschaftlichen Lage. Das Soldatenleben im Krieg verschaffte ihm jenes erleichternde Gefühl der Schicksalsergebenheit, das zweifellos erklärt, warum Männer und Frauen ihr Leben für den Sieg einer Sache aufs Spiel setzen, dessen Folgen kaum von großem persönlichen Interesse für sie sein können. Am glücklichsten war er wahrscheinlich in dem Kriegsgefangenenlager der Amerikaner, wo er Englisch lernte und beim Bau von Militärflughäfen mitarbeitete. Nach seiner Entlassung hatte er es dann, wie so viele andere, sehr eilig, seine Jugendliebe zu heiraten.

Und jetzt, wo die Kinder groß sind und auch die Notwendigkeit, Geld zu verdienen, nicht mehr besteht, findet er sich plötzlich in einer Welt wieder, in der alles neu verhandelt werden kann und die Menschen sich an den Taumel gewöhnen, in den die vielen Wahlmöglichkeiten sie versetzen. Und Frank, sein Schwiegersohn, dessen Ansichten er respektiert, behauptet, es käme bloß darauf an, hart zu bleiben. Er kann haben, was er will oder manchmal zu wollen glaubt: ein geruhsames, unabhängiges Leben in einer kleinen Wohnung. Weit weg von Mamma. Nur muss er jetzt, auf dem Höhepunkt der Krise, da die endgültige Entscheidung ansteht, feststellen, dass er wie gelähmt ist. Er, der weder von der alten noch von der modernen Welt völlig überzeugt ist, hat jetzt von beiden das Schlechteste, nämlich das Gefühl, dass er sein Leben neu ordnen könnte, wenn er jemand anderes wäre. Denn das Schicksal, man selbst zu sein, dieser größte und unausweichlichste aller Zwänge, ist nie präsenter und nie demütigender als in dem Moment, wenn alle anderen Einschränkungen wegfallen. Er hört, wie jemand schreit und zu Boden fällt, und seine Beine setzen sich in Bewegung, um die Treppe hinabzusteigen.

Zuerst tauchen seine Schuhe auf, dann seine ausgebeulte Hose, die zum Bauch hin immer enger wird. Hofft er, dass etwas Furchtbares passiert und ihm die Entscheidung abgenommen worden ist? Wünscht er sich eine Katastrophe? Jetzt ist sein durchgeschwitztes Hemd zu sehen, dann seine sich rasch hebende und senkende Brust. Bedeutet sein Erscheinen den Verlust seiner Entschlossenheit, eine Niederlage, die Unfähigkeit, sich ein anderes Ich vorzustellen? Oder den Triumph einer verantwortungsbewussten Entscheidung: Ich will dieses Leben, diese Frau, ungeachtet aller Nachteile. Hat er mit diesem Melodrama nur bezweckt, ihr klar zu machen, dass sie ihn braucht? Indem er sie kränkte? Oder festzustellen, wie weit er gehen kann? Wie auch immer, sein Gesicht sieht aus, als würde er schmelzen: Seine Augen und sogar die Haut an Hals und Wangen scheinen zu schmelzen. Frank, der gerade der inzwischen entwaffneten Mamma auf die Füße geholfen hat, ist entsetzt. Er wollte seinem Schwiegervater wirklich helfen, aber durch die Ereignisse hat Babbo sich in ein Häufchen Elend verwandelt. »Du darfst jetzt nicht nachgeben«, protestiert Frank. Sein Italienisch hat einen amerikanischen Akzent. »Du lässt dich erpressen. Sie kriegt einen Wutanfall, und schon tust du, was sie will.« Babbo weicht dem Blick des jüngeren Mannes aus. Er bewegt sich langsam und bedächtig, wie in Trance. »Dies ist mein Schicksal«, verkündet er. Und wiederholt dann: »Mein Schicksal.«

Die Eltern meiner Schwägerin, die in den USA leben, haben geheiratet, sich scheiden lassen, ein zweites Mal geheiratet und sich erneut scheiden lassen. Man liest immer häufiger von solchen Fällen. Der menschliche Geist ist unbeständig, sprunghaft. Wer kennt nicht das ständige Auf und Ab seiner Wellen, die plötzlichen, kaleidoskopischen Neuordnungen der Vergangenheit? In Bezug auf Überzeugungen, Weltanschauungen, persönliches Engagement war der scharfzüngige Max Stirner schnell mit verächtlichen Bemerkungen über Menschen bei der Hand, die sich nichts weiter wünschen, als sich zu versklaven – durch Religion, Liebe, Patriotismus –, die, mit anderen Worten, nicht den Mut haben, bei jeder Biegung des Wegs zu überprüfen, ob ihr Leben tatsächlich ihren Vorstellungen entspricht. Allerdings könnte es durchaus sein, dass wir insgeheim von einer Ehe – oder einer Arbeitsstelle oder der Stadt, in der wir leben – nichts weiter erwarten, als eingeschlossen und in Sicherheit zu sein. Ähnlich wie viele Leute, wenn sie einen schicken neuen Supermarkt betreten, den vertrauten Produkten treu bleiben und vor den unbekannten Angeboten die Augen verschließen. Andererseits wird niemand bestreiten, dass in einer Gesellschaft, in der die Ahnen angebetet und die Kinder zu dem gezwungen wurden, was man für das Beste hielt, eine gewisse Gelassenheit geherrscht haben muss. Inzwischen sitzt Frank desillusioniert und allein in seinem Wohnzimmer, denn Babbo, Mamma und Angelo sind weggegangen – erstaunlicherweise sind sie sogar lachend zusammen die Treppe hinuntergestiegen – und haben ihn in seiner modernen Welt zurückgelassen, in der man jeden Tag von Neuem über sein Glück entscheiden muss: Man muss über seinen Wohnort entscheiden, muss sich für eine Ehefrau entscheiden, muss entscheiden, ob die Kinder auf eine öffentliche oder private Schule gehen sollen; eine Welt, in der kein gesellschaftliches Gerüst die Tatsache verschleiern kann, dass das Schicksal schlicht und einfach dieses wankelmütige fremde Wesen, man selber, ist: »Mimétique malgré lui«, so beschreibt Becketts Molloy sich selbst. Wird Frank womöglich eines Tages Babbo und Mamma beneiden? In der Küche treibt einer der beiden Goldfische langsam an die Wasseroberfläche. Ein weiteres Opfer.

KONFORMITÄT

»Der Preis für dich«, verkündet ein Werbespot meines regionalen Fernsehsenders und bedient sich dabei des Singulars – »*il prezzo a te*« –, beträgt achtzigtausend Lire. Für ein Autoradio. Der Preis »für mich«, sage ich zu mir und denke: Zugegeben, die Welt ist ein Narrenhaus, zugegeben, man darf nur Stuss erwarten, wenn man den Fernseher einschaltet. Aber warum diesen Stuss: der Preis für *mich?* So viel ist klar: Ich brauche tatsächlich ein Autoradio. Für unsere Fahrt nach England.

Individualität steht hoch im Kurs, alles, was man hat, ist »auf die Persönlichkeit zugeschnitten«; damit man aber alles haben kann, muss es auch erschwinglich und also ein Massenprodukt sein. Alte Sehnsüchte, die sich ewig in den Haaren liegen. Daran überrascht nichts. Überraschend ist eher die Heuchelei: Warum wird behauptet, der Preis sei für mich persönlich gemacht, und das über ein Medium, das sich notorisch an Gott und die Welt wendet? Als würde man ins blinde Auge der Kamera »Ich liebe dich« sagen. Warum nicht zugeben, worum es wirklich geht? Standardisierung.

»Sie haben nicht die Standardhalterung«, teilt mir der Techniker des Ladens mit, der sich unter dem Armaturenbrett meines veralteten Wagens zu schaffen macht. Der genannte Preis galt für die, die bereits die Standardhalterung besitzen. Die auf der Höhe der Zeit sind. Wie sich herausstellt, ist er für *mich* beträchtlich höher. Aber wenn ich mehr als tausend Meilen zurücklegen will, dann möchte ich etwas zum Hören haben. »95,3 FM«, sagt eine angenehme Stimme zu mir, als ich davonfahre, »der Sender, der sich um dich kümmert.« Und wieder dieser Singular: »*Che si cura di te.*« Wo hat das eigentlich alles angefangen? frage ich mich.

Wir wollen einen Tag nach Ferienbeginn aufbrechen. Ich muss das Zeugnis meines Sohns abholen und mit seinen Lehrerinnen sprechen. Michele hat gute Noten, aber – die Lehrerinnen blicken sehr ernst drein – er hat die anderen Jungen geschlagen. Um Himmels willen! »Können Sie ihn nicht bestrafen?« Aber das können sie nicht. Sie dürfen ein Kind nicht einmal anschreien, geschweige denn schlagen oder auf den Gang stellen. Das Problem sei die Disziplin, sagen sie. »Allerdings!«, entrüste ich mich. Aber eine der Frauen sagt sanft: »Nein, Sie verstehen nicht. Disziplin ist insofern ein Problem, als er einige der anderen Jungen schlägt, weil wir sie nicht bestrafen können. Weil sie sehr viel Krach machen und er sagt, dass er so dem Unterricht nicht folgen kann.«

Während ich nach Hause fahre, überlege ich, dass Autorität überall in der westlichen Welt auf dem Rückzug ist: Warum sollte das an der Grundschule meines Sohnes anders sein? Wenn man mich aufforderte, überlege ich, während ich in meinem veralteten Auto sitze, einen Begriff zu nennen, der in rasantem Maße anachronistisch wird, dann wäre »Autoritätsperson« einer der ersten, der mir in den Sinn käme. Ich schalte mein neues Radio ein, das speziell für mich entworfen wurde oder, besser gesagt, für meine Standardhaltung. Dann beschließe ich in einem dieser seltsamen Verfahren des Verstands, durch das man, zumindest vorübergehend, Verwirrendes und möglicherweise Besorgniserregendes – ist jetzt mein Sohn eine Art Kontrollfreak, oder was? – in etwas Lustvolles verwandeln kann, dass ich die ermüdenden Stunden der langen Fahrt morgen mit dem Versuch verbringen werde, eine Art Verbindung zwischen der verlogenen Intimität des im Radio unablässig wiederholten »Du« und der Untergrabung von Autorität in der Cesare-Bettelone-Grundschule von Montorio, Verona, herzustellen. Nur wenn du dir den rechten Überblick verschaffst, sage ich mir, bist du in der Lage, deinen Sohn in der angemessenen Weise zur Rede zu stellen. Am Abend verstauen wir mit großer, aufgeregter Vorfreude unser Gepäck im Wagen, und Michele kommt vorerst ungeschoren davon.

»Ohne Gott sind alle Dinge möglich.« Der erste Schritt läuft darauf hinaus, ein oder zwei Zitate zusammenzubekommen, zu ordnen, was man gelesen hat. Um fünf Uhr früh nehme ich mein Ticket für die *autostrada* in Empfang und drücke das Gaspedal durch. Bestimmt glaubt mein Sohn nicht an Gott. Verständlicherweise. Er kennt meine Einstellung und wurde nie gezwungen, zum Religionsunterricht oder in die Kirche zu gehen. So fühlt er sich vor Gottes Rache in einer Weise sicher, wie es mir in seinem Alter nicht vergönnt war. Anders als ich in meiner Jugend lebt er nicht in ständiger Angst vor ewigen Höllenqualen. Wenn ihm folglich sein löblicher Wunsch, dem Unterricht zu folgen, vereitelt wird, hält sich der Junge intuitiv an Dostojewskis Maxime, verhilft sich selbst zu seinem Recht und semmelt der Quasselstrippe neben sich eine rein. Warum auch nicht? Warum widerstrebt mir das? Weil Gewalt grundsätzlich falsch ist? Oder weil ich glaube, dass sie dem Jungen letztlich nur Kummer bereiten wird, da ich genau weiß, dass er nicht stark genug ist, der ganzen Masse seinen Willen aufzuzwingen? Geht es hier also lediglich um die Frage, wie man die Grenzen seiner eigenen Macht erkennt? Während die drei Kinder auf dem Rücksitz dösen, sich das Valpolicella unter einem matt glänzenden Himmel zu den Alpen hin verengt und 95,3 FM nach Kräften versucht, sich im dichter werdenden Verkehr um mich zu kümmern, erzähle ich schließlich meiner Frau, was die Lehrerinnen gestern gesagt haben. »Michele schlägt immer wieder den Jungen, der neben ihm sitzt. Ein kleiner Kerl. Offensichtlich ein Störenfried.« Sie ist entsetzt.

Ohne Gott kein Königtum von Gottes Gnaden. Ohne Gottes Gnaden keine legitime Autorität. Nur Macht. Hier bietet sich ein Zitat aus einer Geschichte der Französischen Revolution an, in die ich kürzlich hineingeschaut habe: Wie Napoleon, verzweifelt darum bemüht, sich als legitimer Herrscher zu etablieren, ohne einen Erbanspruch auf den Titel erheben zu können, darauf bestand, sein Hof sei *moralischer* als der der Bourbonen. Die Minister hätten, so befahl Napoleon, in Begleitung ihrer Gattinnen zu erscheinen, wenn sie die berühmten Salons besuchten. Nicht ihrer Mätressen. Das Ende der Konversation, bemerkte Talleyrand. Ich versuche, an diese Dinge zu denken, während ich das alte Auto in der wilden Jagd auf der italienischen *autostrada* bis auf 160 km/h hochheize: Ein göttlich verbrieftes Recht, das auf unvordenkliche Zeiten zurückgeht, wird durch eine Zurschaustellung von Sittlichkeit ersetzt. Macht, die inzwischen auf nichts weiter beruht als auf rauchenden Kanonenmündungen, empfiehlt sich durch das zynische Festhalten an populären Vorstellungen von Sittlichkeit. Wenn die Regierung schon nicht rechtens ist, muss sie wenigstens rechtschaffen sein.

Aber hängt das überhaupt zusammen? Bringt es mich weiter? Und warum ist Legitimität so ein Problem? Wahrscheinlich, weil es ohne sie keine anerkannte Autorität geben kann. Keine Disziplin an der Cesare-Bettelone-Schule. Wer gibt ihnen das Mandat, sich zu prügeln? Wenn niemand über ein göttliches Recht verfügt, ist jedes Individuum gleichberechtigt. Was, wenn man das erst mal anerkennt, auf Demokratie hinausläuft. Jeder entscheidet. Aber sollte das nicht eigentlich eine gute Sache sein?

Hier bleibe ich ein Weilchen hängen, während ich hinter einem Laster festsitze. Ich hasse es, wie Lastwagen, die kaum mehr als einen Stundenkilometer schneller fahren als die vor ihnen, alle anderen Verkehrsteilnehmer mindestens zehn Minuten lang behindern, während sie auf der Überholspur zentimeterweise vorwärts kriechen. Bis mir, gleich hinter Trento, Max Stirner einfällt. Was bringt es mir, in einer Demokratie zu leben, fragte Stirner sinngemäß, wenn ich mit der Mehrheitsentscheidung nicht einverstanden bin? Inwiefern unterscheidet sich das vom Leben unter dem Diktat eines Tyrannen? Oder, um bei dem Fall zu bleiben, der uns gerade beschäftigt: Was nutzt Michele die Erkenntnis, dass er in einem System lebt, das die Rechte des Einzelnen bis hin zur Abschaffung von Strafe respektiert, wenn das bedeutet, dass er den Unterrichtsstoff nicht mehr mitbekommt? Man kann nicht alle Rechte gleichzeitig respektieren. »In Wirklichkeit«, sage ich zu meiner Frau und bin ziemlich zufrieden mit diesem Gedankengang, »zieht man es häufig vor, sich sozusagen zu ›benehmen‹, während man eigentlich zutiefst davon überzeugt ist, dass es keinen moralischen Grund dafür gibt, sich so zu verhalten. Es ist nur der eigene Mangel an Durchsetzungsvermögen.« Weil jeder so viel Recht hat, wie er Macht hat: so Spinoza.

Wie eine kleine Dorfgottheit, die nicht mehr in der Lage ist, sich um mich zu kümmern, schwindet 95,3 FM dahin und wird durch Gejodel mit Akkordeonbegleitung ersetzt. Auf Deutsch. An der österreichischen Grenze geht alles glatt. Niemand macht auch nur Anstalten, ins Auto zu schauen, ob wir Drogen schmuggeln oder vielleicht einen gefährlichen Staatsfeind. Gähnend wacht Michele auf. Hinter der Schranke ist ein Flecken Beton, eine kleine Insel, von der in rechten Winkeln Asphaltstreifen abgehen, die sich in die wilde Landschaft ergießen. Wenn du ein paar Meter rechts oder links vom Weg abkommst, sage ich zu ihm, würdest du dich in jener eisigen Wildnis verlaufen, wo man vor nicht allzu langer Zeit die mumifizierte Leiche des Gletschermanns Ötzi gefunden hat, der fern der Heimat vor fünftausend Jahren von der Kälte überrascht wurde. Es ist gefährlich, die Gruppe zu verlassen. Als wir uns auf zweitausend Metern Höhe in dünnen Wolken die Beine vertreten, verlangen die Kinder, dass ich ihnen in dem kleinen Café Schokolade kaufe. Noch nicht. Drei gegen zwei, beharren sie und zählen eine in Stellvertretung abgegebene Stimme von Baby Lucia mit, die immer noch nicht aufgewacht ist. Aber die Familie ist keine Demokratie, Vaterschaft verleiht immer noch eine begrenzte Autorität. Auch wenn es so aussieht, als werde mir dieses Recht, die kleinen Lieblinge zu schlagen, nicht mehr lange zustehen. Nach 2000 Jahren ließ der Papst kürzlich bekannt geben, weder die Jungfrau Maria noch Joseph hätten Baby Jesus jemals geschlagen.

Könnte es also sein, denke ich, nachdem wir wieder auf der Straße sind, dass es diese brutale Wahrheit ist, mein Unvermögen, die ganz vernünftigen Dinge, die ich will, auch zu kriegen, die die Gesellschaft zu einer Politik permanenter Schmeichelei verführt? Jedes öffentliche Medium scheint meine »Individualität« zu umgarnen, um mich so für meine überaus reale Unterwerfung unter den Willen der Allgemeinheit zu entschädigen. »Willkommen in Österreich«, verkündet ein Schild, nachdem bewaffnete Grenzer mich durchgewinkt haben.

Die Straße taucht tief in Täler à la Trapp-Familie ein, und vielleicht kommt mir der Name Helvetius in den Sinn, weil mich diese Berge an die Zeit erinnern, als ich in der Schweiz arbeitete, obwohl er, glaube ich, Franzose war: »Die großen Staaten, in denen wir leben«, sagte Helvetius so denkwürdig, »sind nicht allzu sehr an geistiger Aufklärung interessiert, da sie die Erhaltung ihrer Existenz den Massen verdanken.« Dagegen lässt sich schwerlich etwas einwenden, trotzdem scheint es mir kein vielversprechender Einstieg zu sein, wenn ich Michele erklären will, warum er sich in der Schule benehmen soll: Weil niemand möchte, dass er ein Umstürzler wird. Rousseau dagegen lieferte eine etwas großzügigere Interpretation: »An die Stelle der Macht der öffentlichen Gewalt«, sagt Jean Jacques, »tritt unmerklich die Macht der Gewohnheit: Ich spreche von den Sitten, den Gebräuchen und vor allem von der öffentlichen Meinung.« Darum muss ich meinem Sohn vielleicht nur erklären, er solle es aus dem einfachen Grund unterlassen, andere zu schlagen, weil dies etwas sei, was *Schüler im Klassenzimmer nicht tun,* obwohl sie dort ungestraft gegen andere Vorschriften, wie zum Beispiel das Verbot zu schwätzen, verstoßen dürfen. Es sei eine Frage der Gepflogenheiten. Oder besser: Michele, es ist wichtiger, verstehst du, dass du andere nicht schlägst, als dass du eine gute Ausbildung bekommst, denn obwohl heutzutage hingenommen wird, keine gute Ausbildung zu bekommen, gilt es als inakzeptabel, jemanden zu schlagen. Wir protestieren nicht, wenn ein anderes Land langweilt – die Schweiz –, tun es aber, wenn es Krieg führt – der Irak. Aber je mehr ich den Faden weiterspinne, desto weniger klingt das nach dem Ansatz, den ich suche.

Die Straße schlängelt sich in die große Kornkammer Süddeutschlands hinunter. Gelegentlich erhaschen wir, durch die

Bäume hindurch oder auf den fernen Hängen niedriger Hügel, einen Blick auf hölzerne Kirchturmspitzen und bemalte Weinstuben, eine Art diskret zurückgenommener Nationalcharakter, während das, was sich dem dahinhastenden Reisenden auf der Autobahn in erster Linie präsentiert, die internationale Einheitskost aus schwarzem Asphalt mit weißen Streifen ist. Menschen aus einer bunt zusammengewürfelten Vielfalt von Nationen, ein jeder in seine Richtung davonstrebend, benehmen sich in Einheitsmanier: blinken, ausscheren und überholen, blinken, und wieder zurück in die Spur. Nur an Baustellen lassen sich die Menschen wirklich unterscheiden. Deutsche Wagen verlangsamen, bis sie die vorgegebene Geschwindigkeit erreicht haben. Wer von uns ein französisches oder italienisches Nummernschild hat, nimmt die Dinge weniger wörtlich und drückt das Gaspedal weiterhin durch. Wir wissen, dass wir uns in unseren Gepflogenheiten nicht unbedingt haargenau an die Gesetze halten müssen. Ein rosa Porsche überholt mich, dann geht er jäh auf die zulässige Höchstgeschwindigkeit zurück, die im Moment ziemlich lästige 100 km/h beträgt. Als ich zum Überholen ansetze, schert er ebenfalls aus und lässt mich nicht vorbei, dabei droht er mir mit der Faust. Ah, aber du bist ja jetzt auch in Deutschland, sage ich zu mir. Also heul mit den Deutschen. Ich hefte mich an die Stoßstange des rosa Porsche.

Nein, was meinen Sohn betrifft, so muss ich die Sache anders anpacken. So komme ich nicht weiter. Ich fange zum zwanzigsten Mal von vorn an. Gott und göttliches Recht bedeuteten Glauben an eine vererbbare Autorität, was mit Ahnenverehrung einherging, denn die Macht war irgendwann in der Vergangenheit durch den Allmächtigen verliehen worden, irgendwann, als Menschen und Gottheiten miteinander kommunizierten. Daher auch Grabbeigaben und heilige Schriften, das Individuum, das weniger wichtig war als das Kontinuum, dem es zugehörte. Stillstand. Im Umkehrschluss: Ohne Gott und göttliches Recht keine vererbbare Autorität, keine Ahnenverehrung. Stattdessen Asche, in die Brise eines Vororts gestreut, der Trend des jeweiligen Tages. Wenig Respekt für die Vergangenheit, ja vielleicht nicht einmal Erinnerung an sie. Das Provinzielle des Gegenwärtigen. Neuer Bestseller. Neuer Videoclip. Neue Labour Party. Vor allem aber Bewegung. Darum wird der liturgische Gesang, der die Erinnerung an die Ursprünge wachhalten – nein, exerzieren soll, durch den politischen Slogan ersetzt, der eine bessere Zukunft verspricht.

Eine bessere Zukunft. Könnte das der Schlüssel sein? Während wir uns Mainz nähern, habe ich das Gefühl, dass ich langsam Fortschritte mache. Der rosa Porsche hat die Autobahn verlassen, wir fahren wieder 160 km/h, und Rita spielt »Ich sehe was, was du nicht siehst« mit den Kindern. »Ich sehe was, was du nicht siehst, und das ist bunt.« Also: Man bringt die Menschen dazu, sich unterzuordnen, nicht indem man ihnen erzählt, dass alles so sein müsste, weil Gott es so verfügt hat, sondern indem man sie in der Hoffnung bestärkt, dass ja nicht immer alles so bleiben muss, wie es ist. »Die Welt ist nicht in Ordnung, ganz und gar nicht; wir wissen nur zu gut, dass du als Individuum unglücklich bist und vor allem nicht im Stande, deine Möglichkeiten auszuschöpfen, aber das kann verbessert werden. Für dich persönlich verbessert werden. Pass dich noch ein Weilchen an, und alles wird gut.« Ha! »Ist es im Auto?«, fragt Stefi. »Ja«, sagt Rita. Unterordnung also, nicht unter eine gegenwärtige Macht, sondern unter einen Prozess, der in die Zukunft weist. Das Paradies, weder vergangen noch verloren, sondern gleich hinter der nächsten Ecke. »Ist es aus

Glas?«, will Michele wissen. »Nein«, antwortet Rita, »obwohl man das glauben könnte.« Das heißt, um es ein für alle Mal klar und deutlich zu sagen: Ich akzeptiere diese Autorität, nicht weil sie perfekt wäre oder gar besonders legitimiert, sondern weil sie meine Unzufriedenheit mit dem gegenwärtigen Stand der Dinge erkennt und institutionalisiert. An Hegel hätte ich also denken müssen: sein Weltgeist auf dem Ritt durch die Geschichte, zukünftigen Freiheiten, zukünftigen Resolutionen über den Konflikt Gruppe/Individuum entgegengaloppierend. »Wir geben auf«, sagt Michele. Meine Frau lacht. Und ich sage: »Der Spiegel.«

Permanente Revolution. Leben in der nahen Zukunft. Statt Angst vor Veränderung zu haben, klammert sich die Gesellschaft an das Prinzip der Veränderung als ihr einzig sicheres, einzig legitimes Gut. Alle schauen gleichzeitig in den Innenspiegel des rasenden Wagens, wo ich, einen langen Augenblick lang, Michele in die Augen sehe und verkünde:

»Übrigens Mick, ich hab gestern von deiner Lehrerin ein paar ziemlich üble Sachen gehört.«

Plötzlich herrscht Ruhe. Ich stelle das Radio ab.

»Du hast da diesen Jungen geschlagen, der neben dir sitzt. Das darfst du nicht machen.«

»Aber er hört nicht auf zu reden, Papa. Während des Unterrichts. Er ...«

»Michele ...«

»Papa, wenn ich einfach immer weiterreden würde, wenn du einen Gast hast, dann würdest du mir doch auch eine kleben, oder?«

»Worauf du dich verlassen kannst, aber ich bin dein Vater, ich habe Macht über dich, Du hast keine Macht über – wie heißt er? Rizzitelli.«

»Aber ich möchte dem Unterricht folgen.«

Plötzlich fällt mir auf, dass die ganze Krise in der gegenwärtigen Kindererziehung mit unserer zwanghaften Angewohnheit zu tun hat, alles erklären zu müssen. Man stelle sich vor: Um die Lücke zwischen Lippenbekenntnissen zum Freiheitsdrang des Einzelnen und der Defacto-Unterwerfung unter eine mittelmäßige Mehrheit zu schließen, musste ich erst die zweifelhafte Vision einer Dynamik des Fortschritts heraufbeschwören, die zwischen persönlichem Unbehagen und der Macht der Gruppe vermittelt. Soll ich wirklich einem Zehnjährigen die Hegelsche Dialektik erklären?

»Wenn ich dir eine klebe, Mick, bekomme ich, was ich will, nämlich deinen Gehorsam, weil du weißt, dass du dich meiner Kontrolle nicht entziehen kannst. Aber wenn du diesen Rizzitelli haust, bekommst du nicht, was du willst, weil er weiß, dass du nicht über ihn bestimmen darfst. Im Gegenteil, weil er weiß, dass es dich stört, wird er nur umso mehr quasseln, und die Lehrerinnen werden seinem Schwatzen noch weniger Beachtung schenken, weil sie deine Gewaltausübung für das bedrohlichere der beiden Probleme halten. Selbst wenn du also im Recht bist, weil du der Stunde folgen willst, macht dein Versuch, das zu erreichen, indem du ihn schlägst, alles nur schlimmer. Du musst dir überlegen, wie du langfristig wirklich weiterkommst.«

An dieser Stelle klinkt sich meine Frau ein und sagt: »Genau.«

»Darum hör als erstes auf, andere zu schlagen. Bitte deine Lehrerin um eine persönliche Unterredung. Bitte sie, die Angelegenheit beim Elternabend anzusprechen. Dann kommt sie nicht umhin, sich etwas auszudenken, wie sie mit Rizzitelli fertig wird.«

Erstaunlicherweise wirkt Michele einsichtig und aufmerksam.

»Und hol dir Verbündete, damit kommt man meistens ein Stück weiter«, hake ich nach. »Besonders, wenn du deine Bereitschaft zeigst, dich an die Regeln zu halten.«

»Stimmt«, sagt meine Frau.

»Ja, Papa, tut mir Leid, Papa.« Michele schaut beschämt.

Kaum zu glauben, aber es sieht ganz so aus, als hätte ich's geschafft. Ich habe es geschafft! Meinem Kind einen guten Rat gegeben, die Zustimmung meiner Frau gewonnen. Verzückt, mich als moderner Vater so bestätigt zu sehen, weide ich mich die ganze Fahrt den Rhein hinauf an folgendem Gedankengang:

dass die Vorstellung von sozialem Fortschritt jener Art fantasiebegabter Buchhaltung nicht unähnlich ist, die einer misslichen Lage gerade so viel Glaubwürdigkeit verleiht, dass man sich von einer Panne zur nächsten durchmogeln kann;

dass die Verbitterung des Idioten in dem rosa Porsche von seiner Überlegung herrührte, wenn ich mich nicht an das Tempolimit hielte, wäre die Kontrolle, die er über seine teuer motorisierte Libido ausübte, streng genommen überflüssig: Er war grundsätzlich nur dann bereit, sich zu benehmen, wenn alle anderen es auch taten;

dass lautstark bekundete Unzufriedenheit, gepaart mit stillschweigender Anerkennung von Autorität, das Geheimnis der gegenwärtigen Konformität ist; das erklärt, warum sich Menschenmengen in ein Kino zwängen, um sich einen Film gegen das Establishment anzusehen (wo doch jeder Film gegen das Establishment ist), und alle ihn gut finden;

dass es ein Geniestreich der Moderne war, uns Sitten und Gebräuche als Mode zu verkaufen, Konformität als Nonkonformität, kurz gesagt, die Innovation zu institutionalisieren;

dass die verlogene und Ekel erregende Intimität des ganzen öffentlichen Diskurses eine direkte Nachfolgerin jener verlogenen und Ekel erregenden Frömmigkeit ist, die Napoleon einführte, als ihm bewusst wurde, dass eine nicht legitime Regierung eine moralische sein müsse oder zumindest als solche wahrgenommen werden sollte;

dass die Gesellschaft dich nicht braucht, sondern nur will, dass du dich benimmst;

dass, wenn der Geist flüssig ist, wie man es sich in den Vedischen Texten vorgestellt hat, und daher alles in ihm zusammenströmt, dieser Verstand des Einzelnen immer noch von jedem anderen grundverschieden ist; woraus folgt, dass, wenn das Wort der Hauptvermittler zwischen Verstand und Welt, Verstand und Verstand ist, Konformität mit dem Wort anfangen muss: erst der liturgische Gesang, dann der politische Slogan, und jetzt – welch ein Fortschritt! – der ewige Stuss vom »der Preis für dich«.

Spät in der Nacht, kurz bevor wir aus dem Ärmelkanaltunnel auftauchen, entdecke ich, dass die Tonbandstimme, die mir eine angenehme Weiterreise wünscht, nicht nur außerhalb meines Wagens ertönt, aus den Lautsprechern der Bahn, sondern auch an mein Radio angedockt hat. Es gibt kein Entrinnen. Wie stimmig eine Theorie ist, denke ich stolz, zeigt sich darin, wie mühelos sie sich in allem um uns herum manifestiert. Und obwohl mich die Fahrt angestrengt hat, bin ich jetzt einigermaßen zufrieden mit mir und halte mich alles in allem für ziemlich schlau, als ein Riesengeheul vom Rücksitz her – Michele hat Stefi geboxt, weil sie Lucy gekniffen hat – endlich die Erleuchtung bringt, die all meine geistreichen Überlegungen lächerlich macht: Mein Sohn haut den Jungen, der neben ihm sitzt, so begreife ich plötzlich, *weil er gern andere haut.* Weil er gewalttätig ist! Die Geschichte, dass er dem Unterricht folgen wollte, wird mir bewusst, stimmt zweifellos, bot ihm aber eigentlich nur eine *Gelegenheit* zu dem Konflikt, den er ohnehin suchte. Die Gewalttätigkeit des Menschen ist nicht unterzukriegen, sage ich mir, und meine Nerven liegen bedrohlich blank am Ende dieser langen Reise. Ich selbst hätte den bescheuerten Porsche-Arsch von der Straße gedrängt, wenn man mich nur halbwegs gelassen hätte. Meine umständlichen Vorschläge, wie Michele seine Probleme in der Klasse gewaltfrei hätte lösen sollen, bewirken also nur, dass er sich andere Opfer für seine negativen Impulse sucht. Seine Schwester zum Beispiel. Sie hält sich gerade den Ellbogen, tritt um sich und schreit. Einen Moment lang bricht die übliche Familienpanik aus. Ich koche vor Wut, bin drauf und dran, dazwischenzugehen und die ganze Bande einmal ordentlich zu verdreschen. »Beruhige dich!«, schreit mich meine Frau an, die selber ganz und gar nicht ruhig wirkt. Ich atme tief durch und sehe plötzlich ein, dass Triebunterdrückung unsere einzige Hoffnung ist. Permanente, wachsame Triebunterdrückung. Stefi wimmert immer noch. Hegel haben wir weit hinter uns auf dem europäischen Festland gelassen. Ich starte den Wagen, artig eingereiht in eine Autoschlange, und rolle, begleitet von freundlichen Abschiedswünschen des Channel Tunnel Radio, in den schwefelgelben Nieselregen des Vereinigten Königreichs hinein, wo man so tut, als sei man etwas anderes, indem man auf der linken Seite fährt.

HASS

Die Götter erwarteten vom Menschen in erster Linie Anerkennung. Aber es genügte ihnen nicht, sich diese mit göttlicher Offenbarung zu erpressen. Als die ersten, die menschliche Gestalt annahmen, mussten schon die Olympier die ganze Sache komplizieren, indem sie als Bettler oder Fremde erschienen: Zeus am Hof von Lykaon, Dionysos im Haus des Ikarios. Es ist eine ziemliche Zumutung, jeden Schnorrer so behandeln zu müssen, als sei er vielleicht der liebe Gott. Offensichtlich war man nur einen kleinen Schritt von der lästigen modernen Losung entfernt, das Göttliche in allen Menschen zu erkennen. Da muss man den Schriftstellern zugute halten, dass sie in dieser Hinsicht entgegenkommender sind. Oder man könnte sagen, dass sie ungern ein Risiko eingehen: Selten kreuzen sie ohne Visitenkarte auf. So waren auch an jenem Tag, als ich V. S. Naipaul kennen lernte, seine Bücher allgegenwärtig.

Wenn sie unerkannt blieben, übten die Götter entsetzliche Rache. Aber Naipaul war schon weit über dieses Stadium hinaus. Man hatte ihm den »Commonwealth Prize for Literature« verliehen, somit belegte er bereits einen festen Platz im Pantheon. Auf der Konferenz, wo er über seine Arbeit sprach, und beim anschließenden Festessen, wo wir einander gegenübersaßen, äußerte er eloquent seine Meinung über Rassismus und Machtmissbrauch, kommentierte ernsthaft und fundiert die Lage in seiner Heimat Trinidad. Aber am auffälligsten war, wie sehr er sich im Stimmengewirr der Anerkennung sonnte, ein Gott, der dem Geschnatter menschlicher Anbetung lauscht. Ich fand ihn absolut charmant. Und zugleich konnte ich mich des Eindrucks nicht erwehren, dass bei allen Schriftstellern, die ich kennen gelernt habe, immer diese Diskrepanz zwischen den vorgeblichen Inhalten ihrer Werke besteht – einwandfrei lobenswert – und der Triebkraft, die dahinter steckt, nämlich ein unstillbares Verlangen nach Anerkennung.

Und wieso habe *ich* angefangen zu schreiben? Oder ein kleines bisschen komplizierter gefragt: Woher weiß man, dass man Schriftsteller werden will, wenn man gar nicht weiß, was Schreiben bedeutet, wenn man sich gar nicht bewusst ist, nach welcher Art Anerkennung man sich sehnt? Gab es am Anfang eine klare Vorstellung von einer Identität als Schriftsteller: eine erwachsene, glamouröse Gurufigur irgendwo in einer fernen Villa? Oder nur den Impuls: schreiben. Wie schwer es ist, das so genau zu sagen! Ich weiß eigentlich nur, dass es gedanklich wie technisch mit der Nachahmung anfing. Und typischerweise von Autoren, die ich nicht verstand: Samuel Beckett und Henry Green. Warum nicht Autoren kopieren, die man besser verstanden hätte: Graham Greene, Anthony Powell, Leute, deren Themen und moralisches Engagement keine Fragen offen ließen. Aber vielleicht war es ja gerade die Kombination, maßlos von einer Sache begeistert zu sein, ohne sie im Mindesten zu verstehen, die mich zu Beckett und Green hinzog. Für mich waren sie Gottheiten. Ich war ihnen hörig. Wie viele Jahre brauchte ich, bis mir klar wurde, dass dies im Grunde die einzige Beziehung ist, die ein Schriftsteller zu seinen Lesern haben will?

An der Universität wurde uns gestattet, eine Zusatzarbeit in »kreativem Schreiben« einzureichen, die sich bei der Abschlussprüfung möglicherweise positiv auf die Gesamtzensur auswirken konnte. Ich schrieb ein paar Seiten mit dem Titel *The Three of Us*. Mein erstes Werk. Es wurde mit einer Vier abserviert. Seltsamerweise kann ich mich nicht erinnern, deswegen sonderlich betrübt gewesen zu sein. Ich dachte nur: *Ich schreib euch alle noch in Grund und Boden*. Habe ich da zum ersten Mal im Stillen diese Worte formuliert, seitdem tausendmal wiederholt, wenn auch nur selten gegenüber anderen? Ich weiß es nicht mehr. Aber zweifellos war es dieses Gefühl, es mit dem Rest der Welt aufnehmen zu müssen, weshalb ich, ebenfalls ohne im Geringsten zu verstehen, warum, mich so leidenschaftlich zu den unerwarteten und unchristlichen Ausbrüchen von Becketts Protagonisten hingezogen fühlte. Ich erinnere mich besonders an eine Passage, die in *Aus einem aufgegebenen Werk* vorkommt: »Wohingegen ein Vogel etwa, oder ein Schmetterling, der herumflattert und mir in den Weg kommt, alles, was sich bewegt und mir in die Bahn kommt, ein Schnegel etwa, der mir unter die Füße kommt, nein, kein Erbarmen.« Und dann schlägt er mit seinem Stock zu. Oder es gibt da diese grausame Belehrung, mit der der erste Absatz von *Malone stirbt* endet: »Lassen Sie mich, bevor ich fortfahre, eins klarstellen: Ich verzeihe niemandem.«

Dass das Schreiben ein Phänomen ist, das häufig aus dem Zorn heraus entsteht, ist offensichtlich genug. Wie boshaft sind Shakespeares Stücke! Wie Hamlet wettert und Lear wütet! Und Swift und Pope und Byron und auch Dickens, auf seine Art. Nur die, die nicht verstehen, welche entscheidende Rolle solche Emotionen im Leben spielen, können Eliots Beschreibung des *Wüsten Landes* als »ein langes rhythmisches Geknurr« für verkürzt halten. Nicht ganz so klar ist das Wesen des schrifstellerischen Hasses, wo er herkommt, worauf er abzielt. Könnte es sein, dass dieses Thema tabu ist?

Die Prüfungskommission in Cambridge hatte mich nicht entmutigen können. Nach ein paar Monaten als Doktorand in Harvard war ich es Leid, die Werke anderer zu studieren, und begann mit der Arbeit an einem Roman. Er ging durch eine deutlich Beckettsche Phase, gefolgt von einer deutlich Greenschen Phase. Vielleicht hieß er darum *The Bypass.* Ich gab ihn einer Tutorin zum Lesen, die mir sehr freundlich vermittelte, dass sie ihn grauenhaft fand. Ich weiß noch, wie sie fragte, warum ich mit einer derartigen Besessenheit Demonstrativpronomen und einen irreführenden Satzbau verwendete. Die Antwort, die ich ihr natürlich schuldig blieb, war, dass Green sie verwendete. Aber zu dem Zeitpunkt hatte ich keine Ahnung, warum. Die Gottheiten, die ich imitierte, waren ein fremdes Land für mich. Ich verhielt mich wie jemand, der Worte aus einer Sprache nachplappert, die er nicht nur nicht beherrscht, sondern auch nicht zu lernen versucht. *Ich schreib euch alle in Grund und Boden,* dachte ich, als ich das Haus der freundlichen Tutorin verließ. Ich war bestimmt schon über dreißig, als mir zum ersten Mal auffiel, dass eben jener wütende Impuls das fremde Land war, das zu erkunden ich mich damals aufmachte. Und es war überhaupt nicht fremd. Nur dunkel. »Luke«, sagt Darth Vader, »du kennst die Macht der dunklen Seite nicht.« Recht hat er.

Beim Lunch an jenem Tage behauptete Naipaul, er habe von Anfang an gewusst, dass er Schriftsteller werden würde. Etwas anderes wäre nie für ihn in Frage gekommen. Nicht mal vorübergehend. Nicht mal als Nebenjob. Er war Schriftsteller, Punkt. Ich bemerkte, wenn seine Arbeiten nicht veröffentlicht worden wären, hätte er gezwungenermaßen etwas anderes machen müssen. Etwa nicht? Daraufhin entspann sich eine lebhafte Diskussion, ob es überhaupt möglich sei, dass ein begabter Autor unerkannt bleiben könne. Und wenn ich darauf bestand, dass dies durchaus möglich sei, wobei ich Thomas Gray als Beispiel anführte, dann nur, weil Naipaul darauf bestand, zweifellos aus derselben Unbescheidenheit heraus, dass es unmöglich sei. Er könne sich beim besten Willen keine Welt vorstellen, die sein Genie nicht erkannte. Hierin zeigte er sich zuversichtlicher als die Olympier. Aber ich dachte an die Jahre zwischen 1979 und 1985. Die winzige Wohnung in Acton. Die zwei Zimmer zur Untermiete bei einem polnischen Rentner in Kensal Rise. Ein Roman mit dem Titel *Promising,* nie gedruckt; ein Roman mit dem Titel *Leo's Fire,* nie gedruckt; ein Roman mit dem Titel *Quicksand.* Nie gedruckt. Ein Roman mit dem Titel *Failing.* Nie gedruckt. Genug Absagebriefe, um damit den Buckingham Palace zu tapezieren. »Das grenzt schon an ... an religiösen Glauben«, ereiferte ich mich und wurde vielleicht auch ein bisschen laut, »davon auszugehen, dass wir in einer Welt leben, wo jeder bekommt, was ihm von Rechts wegen zusteht.« Naipaul lächelte und wechselte äußerst charmant das Thema. Selbstverständlich hatte er einen religiösen Glauben. An sich selbst. Darum beneide ich ihn.

Diejenigen, die besonders mühelos und schnell erfolgreich sind – und letztlich weniger Gelegenheit haben, sich zu entwickeln –, sind dieselben, deren innewohnende Wut sich versiert und untadelig gegen etwas richtet, das weit und breit als korrektes Wutobjekt gilt. Abgesehen von der Fülle politisch engagierter Literatur, die die Engländer in diesem und im letzten Jahrhundert produzierten, entsinnt man sich auch leicht amüsiert des Jahres, in dem drei der sechs für den Booker-Preis nominierten Autoren sich veranlasst fühlten, in ihren Romanen den Holocaust zu thematisieren. Leider hat diese ehrenwerte Bündelung negativer Energie bei mir nie funktioniert. Ich habe allerdings einmal ein Buch einer Überlebenden von Birkenau übersetzt. Aber obwohl ich manchmal weinte, als ich übertrug, was ich zu übertragen hatte, konnte ich gegenüber den Nazis nie so viel Zorn empfinden, wie man ihn gelegentlich gegenüber der Beschränktheit eines Kollegen, einer Ehefrau, eines Kindes oder eines Lektors empfindet. Oder eben gegenüber Naipauls Selbstzufriedenheit bei jenem Lunch. Unsere Verdammung von Folterern, Mördern und Ausbeutern jeglicher Couleur, nein, unser Horror vor ihnen stellt sich so automatisch und kompromisslos ein, dass es kaum der Mühe wert erscheint, das noch zu dramatisieren. Was würde es uns bringen außer den beruhigenden Gedanken, dass wir immer noch »auf der richtigen Seite stehen«? »Ich habe einen sehr zornigen Roman geschrieben«, erzählte mir ein Zeitgenosse im Café Rouge auf der Old Brompton Road. Und er fing an, mir in allen Einzelheiten den Nestlé-Skandal zu schildern. Als ob es bei Hamlet darum ginge, dass »etwas faul sei im Staate Dänemark«. Das hätten wir auch aus der Zeitung erfahren.

In diesen Anfangsjahren ging es nicht einmal so sehr darum, dass ich mich nicht entmutigen ließ, als dass ich nicht abzuschrecken war. Demütigungen scheinen mich anzuspornen. Je mehr Vögel und Schmetterlinge und Enten (»Enten sind am schlimmsten«, sagt Beckett) mir in die Bahn kommen, desto heftiger fuchtele ich mit meinem Stock. Obwohl ich doch einigermaßen erstaunt auf mich zurückblicke, wie ich den – der wievielte mag es gewesen sein? – sechsten, siebten Roman in Angriff nehme, wobei mir jeder um die zwanzig, vielleicht auch dreißig Absagebriefe eingebracht hat. Vielleicht war es wichtig, dass meine Frau an mich glaubte. So sehr, dass man sich heute fragt, ob man ihr je die von Großzügigkeit und Selbstaufopferung geprägte Rolle verzeihen kann, die sie bei dem spielte, was eine Karriere werden sollte. Denn irgendwann, vielleicht als ich schließlich überzeugt war, dass nie etwas von mir veröffentlicht werden würde, wandte sich mein Interesse meiner Familie zu, und ich beschrieb einige Ereignisse aus meiner Kindheit. Endlich kam der Durchbruch, ausgerechnet an einer Stelle, wo er mir, was die persönlichen Beziehungen betrifft, am peinlichsten war. Bevor er angenommen wurde, musste aber auch dieser Roman erst die gewohnte Routine der Absagebriefe über sich ergehen lassen; um die Zeit zwischendurch totzuschlagen, schusterte ich noch einen Krimi zusammen, dessen ironischer Aufhänger darin bestand, dass sich der Held verzweifelt um ein kleines bisschen Anerkennung bemüht, die Welt aber andererseits wegen ihrer Beschränktheit verdammt und sich daher zu Diebstahl, Kidnapping und Mord hinreißen lässt. Der Typ ist unbestreitbar widerwärtig, ebenso wie sich die Olympier auch nicht gerade fair verhielten, wenn sie Leute ausradierten, die nicht in der Lage waren, den Gott in einem Bettler zu erkennen. Dennoch waren die handelnden Personen und das Milieu dieser schwarzen Komödie so konstruiert, dass es schwer fiel, dem Protagonisten in der Verurteilung seiner Umgebung nicht zuzustimmen, und dass eine auf dermaßen sture Weise selbstgefällige Welt eigentlich kaum etwas anderes erwarten durfte, als von solch einem Antihelden bestraft zu werden. Ich schloss diese Übung in fehlgeleitetem Hass etwa um die Zeit ab, als das Buch herauskam, für das meine Familie hergehalten hatte. Letzteres wurde für die Entlarvung eines unbeholfenen und potenziell gefährlichen Evangelismus allgemein gelobt. Offenbar hatte es das Herz am rechten, akzeptablen Fleck. Erst zehn Jahre später, als es in Italien veröffentlicht wurde, erlebte ich den Schock, dass ein Rezensent wesentlich scharfsinniger auf den Kernpunkt der Sache hinwies: »Dieser Roman«, schrieb er, »strahlt die Zuversicht desjenigen aus, der süße Rache auskostet. Einer, der beobachtet und sich als fähig erweist, seine Geschichte zu erzählen, wird immer als Sieger über jene hervorgehen, die unfähig sind zu erzählen.«

Wie überaus gern hebt die Welt Schriftsteller und Künstler auf ihre selbstgeschaffenen Podeste! Der Pulitzerpreis. Der Bookerpreis. Der Prix Goncourt. Wie gern werden sie als Streitmacht für die gute Sache gesehen. Der Commonwealthpreis. Der Nobelpreis! In sich schon liberal und befreiend! Die mutigen osteuropäischen Schriftsteller unter dem Kommunismus! Als wären wir durch die Bank und unweigerlich Anhänger einer Hegelschen Ethik, die die öffentliche Wohlfahrt als wertvollstes Gut ansieht. Was für ein Segen war die Rushdie-Affäre für all diejenigen, die sich einer solchen Weltanschauung verschrieben haben! Der Autor als Champion der Menschenfreiheit! Wo doch die Ironie darin liegt, dass, mit Ausnahme des Verbrechers, der Künstler der Erste ist, der sich Freiheiten herausnimmt, häufig auf Kosten anderer, wie schon Rushdie (und immer wieder auch ich, ja gerade jetzt, in diesem Moment) sich eine Menge Freiheiten herausnahm bei Dingen, die anderen heilig sind. Der Künstler ist der Erste, der sich für seine eigenen Zwecke ungeniert in der Welt bedient. Stillschweigend, oft unbewusst beansprucht er für sich einen direkten Kontakt zu etwas Absolutem, das außerhalb des Gemeinwohls angesiedelt ist. Auch wenn er noch so viele anders lautende Beteuerungen bei irgendwelchen Festessen von sich gibt.

Wie wir wissen, war Michelangelo davon überzeugt, dass die Figuren, die er schuf, bereits im Stein vorhanden waren. Sein Meißel diente ihm lediglich dazu, sie freizulegen. War das nicht, wie bei Naipaul, ein religiöser Glaube? An sich selbst. Die Welt war, *wie er sie sah*. Wenn die Materie seinem Genie nicht gleich erlag, dann ließ sie sich zumindest in einer kooperativen Form von ihm durchdringen. Das Selbst annektiert das Andere und annulliert es. Wie absurd! Aber hätte man dort auf der Piazza der ersten Enthüllung seines David beigewohnt, überwältigt vom Anblick der muskulösen Schönheit einer Figur, die alle Eleganz und Klarheit klassischer Proportionen aufwies und zusätzlich mit einem völlig neuen und pulsierenden Lebensgefühl erfüllt war, dann hätte man dem Künstler nicht widersprochen. Nicht die Späne und Bruchstücke auf seinem Atelierboden durchsuchen wollen, um zu sehen, ob nicht doch eine andere, vielleicht bessere Skulptur aus demselben Klumpen Stein hätte gehauen werden können. Denn man ist überzeugt, verführt, geblendet. Michelangelo hat recht, wird man sagen, so ist das Leben, die Figur war im Stein.

Kunst ist zwingend. Sie ordnet unseren geistigen Raum neu, drängt eine Vision auf. Rationales Argumentieren wird umgeleitet, vergessen. Angesichts wirklicher Kunst fühlt man eine Art schmerzlicher Unvermeidlichkeit – genau die Erfahrung, die der Verführte im Moment der Hingabe macht. Wie kann man einen Roman von Thomas Bernhard aufschlagen und nicht sofort und ganz und gar in den Bann dessen geraten, was einem plötzlich als die einzig mögliche Antwort auf eine Welt erscheint, die sich in Heuchelei suhlt? Wie kann man die *Ode über eine griechische Urne* lesen, ohne zu spüren, während die Bezauberung noch anhält, dass hier die perfekte, endgültige und einzig relevante Aussage über den sterblichen Menschen und das unsterbliche Artefakt gemacht wird?

Kunst ist »befreiend« in dem Sinne, als sie einen aus der Umklammerung einer beliebigen anderen Vision erlöst, der man vorher hörig war. Sie unterwirft dich einer anderen. Nicht unähnlich dem Prozess der periodischen Monogamie von heute. So verführte mich Beckett, so verführte mich Green. Niemand hat die englische Prosodie glorreicher beherrscht als Henry Green mit seiner unorthodoxen Verwendung von Artikeln und Demonstrativpronomen, seiner bizarren, aber vollkommen überzeugenden Art, in der er das Leben rund um seine eigenwillige Syntax wiederauferstehen ließ. Ich versuchte also damals in den Anfangsjahren, ohne mir dessen im Geringsten bewusst zu sein, einen gewaltigen Akt der Verführung nachzuahmen. Ein Mann, der die Welt nach seinem Bild erschafft und sie so verkündet. So wie ein grüner Junge vielleicht den Casanova spielt. Oder Zeus den Titanen. Und das, um mir eine Anerkennung zu erzwingen, die ich gezwungenermaßen anderen entgegenbringen musste. Ich hätte ja, im Nachhinein gesehen, versuchen können, sie mir zu verschaffen, indem ich den Leuten einfach das vorsetzte, was sie meiner Meinung nach lesen wollten. Die Masse befriedigen. Und vielleicht habe ich das hin und wieder auch probiert. Aber die Wahrheit ist, dass einem solch eine Politik bestenfalls Lob einbringt. Keine Anerkennung. Denn echte Anerkennung beinhaltet, dass sich der Leser aus vollem Herzen *meiner* Vision anschließt. Und nicht, dass er etwas konsumiert, von dem er schon wusste, dass er es wollte. Welcher Gott würde sich je dazu herablassen, die Dinge so zu sehen wie die Menschen? Welcher Sterbliche würde sich auf lange Sicht bei einer so gefälligen Gottheit aufgehoben fühlen? Die einzig wichtigen Leseerlebnisse sind daher die, bei denen man anfangs skeptisch ist und dann feststellt, dass man verzaubert ist, überwältigt von einer Vision, der man sich ergeben muss. Und wenn man mit dem Schreiben anfängt, ist ja das Problem, dass man so etwas Großartiges wie ein Vision womöglich gar nicht hat. Die wenigsten haben überhaupt je eine. Darum kopiert man andere und lernt hoffentlich von der Spannung zwischen sich selbst und dem eigenen Vorbild. Später geht es dann darum zu lernen, nicht von sich selbst abzuschreiben.

Aber wir müssen den Hass noch näher bestimmen. Denn er ist nur plump verkleidet als gerechter Zorn, nur oberflächlich parodiert in eindimensionalen Komödien, in denen kriminelle Kerle agieren, die nicht ertragen können, dass die Welt ihren Vorstellungen nicht entspricht, diese lange Reihe von Schurken in der Literatur, bei denen sich der Verdacht aufdrängt, dass sie ihren Schöpfern stark ähneln. Bei diesem Festessen erkundigte sich Naipaul höflich nach meinen Veröffentlichungen, und ich beging den Fehler, meine knappe Antwort mit der selbstgefälligen Bemerkung zu beenden: »Die Rezensenten äußern sich im Allgemeinen freundlich.« Auf diese Schwäche stürzte er sich im Nu. »Ach, Sie lesen Rezensionen?«, fragte er. »Das tue ich nie. Schließlich«, sagte er und lächelte, »ist einem ja die Qualität der eigenen Arbeit auch ohne sie bekannt.« Und mir ist eingefallen, nachdem ich immer wieder über diese Unterhaltung gegrübelt habe, dass eines der Probleme, denen jede Gottheit ins Auge sehen muss, folgendes ist: Warum *kümmert* es mich, von diesen Leuten anerkannt zu werden, die von Natur aus unfähig sind, meinen wahren Wert zu würdigen? Was scheren mich ihre Besprechungen? Und der ganze Zorn, den die Götter jedes Mal zeigten, wenn die Anerkennung ausblieb, hätte der sich nicht wenigstens zum

Teil gegen sie selbst richten sollen, weil sie eine dermaßen hirnrissige Sache überhaupt verlangt hatten? Könnte es sein, dass es Naipaul unglücklich machte, wie glücklich er darüber war, bei Konferenzessen hofiert zu werden? Eine Situation, über die er zweifellos gespottet hätte, hätte er sie beschrieben. War er vielleicht wütend, weil er sich selbst als *menschlich* erfuhr? Ist es vielleicht das, worunter ein Künstler am meisten leidet? Man erschafft eine Welt und ist *nach wie vor* ein Mensch. Ob da vielleicht der ganze Hass seinen Ursprung hat? Oder sollte man stattdessen lieber davon ausgehen, dass Naipauls Rückzug, seine Weigerung, Rezensionen zu lesen, gerade erst durch die Tatsache ermöglicht wurde, dass die Welt ihm nachstellte. Er war schon anerkannt. So gesehen können wir vielleicht die Abwesenheit eines Gottes garantieren, wenn wir ihn mit schöner Regelmäßigkeit loben. Denn kaum eine Gottheit wird sich weiterhin mit Offenbarungen abgeben, wenn ihre Vorherrschaft einmal etabliert ist. Jehova ist da das beste Beispiel. Wir werden allerdings nie wissen, ob die Anerkennung sie mit ihrer Existenz ausgesöhnt hat.

Gerade im Umgang mit der Öffentlichkeit zeigt sich das Zweideutige und grundsätzlich Zerbrechliche an der Position des Schriftstellers. Als Rousseaus Thérèse ihm Kinder gebar, ließ er diese sofort von der Mutter entfernen und lieferte sie bei einem örtlichen Findlingshaus ab, und man hat nicht den Eindruck, dass es ihm sonderlich viel ausmachte. Aber als einmal eine von ihm verfasste Partitur abgelehnt wurde, da erinnert er sich: »Zutiefst deprimiert ob des Empfangs dieses Urteils anstelle der Anerkennung, die ich erwartet hatte und die mir gewiss zugestanden hätte, kehrte ich tief betrübt nach Hause zurück. Völlig erschöpft und verzehrt vor Kummer, war ich sechs Wochen lang krank und nicht mehr im Stande, mein

Zimmer zu verlassen.« Aber so weit muss man gar nicht gehen, um festzustellen, dass sich hinter, oder sollte ich lieber sagen, neben allem Schönen und Bewegenden in der Kunst, in allem, was wirklich einen Wert hat, was wirklich die Herzen öffnet und den Geist hebt, der erstickte Schrei nach Anerkennung verbirgt. Ein in einer Londoner Zeitung veröffentlichtes Tagebuch informiert mich, wie Jeanette Winterson zum Haus einer Rezensentin ging, die ein Buch von ihr verrissen hatte, und sie vor ihrer Tür stand und sie lauthals beschimpfte. Ein Zeitgenosse berichtet von einer Party, auf der er Malcolm Bradburys Hasstiraden über sich ergehen lassen musste, weil er zwei Jahre zuvor eine schlechte Kritik über ihn geschrieben hatte. Ein Redakteur erzählt mir, wie der große Thomas Bernhard einmal an seine Zeitung geschrieben und verlangt hatte, von ihnen besprochen zu werden, da er, wie er sich ausdrückte, »der beste Romancier seit dem Krieg« sei. Und selbst der wunderbare Calasso bat mich eines Tages, ihm einen Brief zu übersetzen, in dem er sich über eine bösartige und beschränkte Besprechung beschwerte. Obwohl er ihn natürlich nie abgeschickt hat. Denn es ist ja so, dass sich keine Gottheit zu einem solchen Verhalten herablassen würde, es auch gar nicht dürfte. Wenn man (leider!) nun mal keinen Donnerschlag zur Verfügung hat, ist vornehmes Schweigen die einzige Rettung. Obwohl mir spontan zwei Schriftsteller einfallen, die sich aus Mangel an Anerkennung umgebracht haben: Richard Burns in England, Guido Morselli in Italien. Wenn Sie den Mumm dazu haben, wird eine solche Geste bestimmt bewirken, dass einige Leute Sie ernst nehmen.

Von Gloucester bis Prospero. Gabriel bis Anna Livia. Belacqua bis zum Namenlosen. Dass es bei den Werken eines Schriftstellers einen natürlichen Verlauf gibt, liegt einigermaßen auf der Hand. Man beginnt in einem Wirbelwind des Beschreibens, Erzählens, Heraufbeschwörens. Die Welt ist so frisch, so interessant, sie hat unser Engagement so dringend nötig! Aber wenn sich erst einmal der nächstliegende Stoff erschöpft hat, was dann? Mein erster, unveröffentlichter Versuch, *The Bypass,* war ganz im Tonfall Nordenglands geschrieben, dem meiner frühen Kindheit. Das hatte sich dann erschöpft. Mein erster veröffentlichter Roman erzählte von der christlichen charismatischen Bewegung in den 60er Jahren. Das Thema könnte ich kaum wieder angehen. Der zweite schilderte ein Büro in Acton, in dem ich gearbeitet hatte, dabei ging es um eine heimliche Liebesaffäre. Acton ist nicht gerade ein Ort, zu dem es einen ein zweites Mal hinzieht, und eine heimliche Liebesaffäre reicht allemal. Und so weiter und so weiter. Die Ehe bietet einem eine Menge Stoff. Kinder. Ich bekomme zum Beispiel regelmäßig Briefe, in denen mich Leser auffordern, ein drittes Buch über Italien zu schreiben. Aber ich finde, dass Italien schon mehr von meiner Aufmerksamkeit erhalten hat, als ihm eigentlich zusteht. Man kann sich natürlich auch öffnen und sein Material woanders suchen. Ein Roman über die Jünger Jesu? Ein Roman über die Mondlandungen? Aber wenn man das ein-, zweimal gemacht hat? Kommt man an einen Punkt, an dem sich der Verstand mehr für seinen Umgang mit dem Stoff interessiert als für den Stoff selbst. Weil es so viele gibt. Oder besser gesagt, der Verstand beginnt zu schätzen, dass ein Stoff nicht unabhängig von der Bearbeitung gesehen werden kann, die er an ihm vornimmt. Er fängt an, die Vorherrschaft zu beanspruchen, bestimmen zu wollen. Es gibt in der späteren Entwicklung eines Schriftstellers eine ganz natürliche Wendung nach innen. Nicht, dass die Handlung keine Rolle mehr spielt, aber wichtiger wird, was hinter jeder

Handlung liegt: der verführerische, leuchtende, überzeugende, lauernde, geniale und hassende Verstand.

Henry Green hörte mit dem Schreiben auf, als er um die fünfzig war. Er war ein starker Trinker und scheint später seine Zeit vorwiegend damit verbracht zu haben, den Familienbetrieb zu leiten oder Frauen nachzustellen. Als seine Lieblingsbeschäftigung beschrieb er »bei einer guten Flasche zu fabulieren«. Joyce wandte sich von der Erfindung der Welt ab und widmete sich der Erfindung jener Prozesse, durch die eine Welt erfunden wird. Beckett strich kontinuierlich alles Überflüssige aus seinen Werken, Stimme um Stimme, Pose um Pose, steuerte mit der Geschwindigkeit des Frosches eine Stille an, der immer die Hälfte der Distanz springt, die noch zwischen ihm und seinem Ziel liegt. Niemand veranschaulicht so gut wie er die Ironie, dass man, obwohl das Schreiben eher jene Art von Bewusstsein fördert, mit dem man sich selbst und seine eigenen Worte in Zweifel zieht, immer noch dafür anerkannt werden will, den Gedanken artikuliert zu haben. »Hier ist keine Zukunft«, sagt der Erzähler in *Aufs Schlimmste zu*. Und fährt fort: »Leider ja.« Aber bestes Beispiel für die Anerkennung des für den Künstler erforderlichen Hasses und der engen Beziehung zu seiner natürlichen Begabung zur Nötigung bleibt nach wie vor *Der Sturm,* ein Titel, der Bände spricht. Man übersieht leicht, was für ein wütender, strafender, sogar zynischer Kerl Prospero ist. Wie schnöde er die schöne neue Welt seiner Tochter abtut! »Schweige, noch ein einziges Wort wird machen, dass ich dich ausschelte oder gar hasse«, sagt er zu Miranda, als sie um Ferdinands Leben fleht. Die Zaubersprüche seiner Magier, so schön sie auch klingen, sollen bannen, nicht beglücken. Und wenn auch, im Gegensatz zu Malone, Prospero am Ende verzeiht, wie widerwillig tut er es. Und auch nur, als jeder einzelne seiner Feinde tot oder in seiner Gewalt ist, erst als die Geste des Machtverzichts ihm das endgültige Anrecht auf die Überlegenheit verschafft, den ultimativen Anspruch auf Anerkennung.

»Stil«, so Proust in *Gegen Sainte-Beuve,* »ist die Verwandlung, die ein Gedanke der Realität auferlegt.« Ich sitze an meinem Schreibtisch. Bereit, wieder anzufangen. Wieder die Verwandlung zu wagen. Worüber soll ich schreiben? Zwei oder drei Besprechungen meines letzten Romans waren sich einig, dass die Hauptperson darin »unsympathisch« war. Oje. Also wie Richard III., Prospero, Raskolnikow, Mr. Rock, Molloy, Moran, Malone. Man übersieht das so leicht. Wobei man sich auf sympathische Weise bewusst ist, wie unsympathisch man ist, hatte ich jedenfalls gedacht. Und sich wieder bewusst ist, wie wenig Bewusstheit hilft. Ich starre auf den Bildschirm. Sollen wir diese Haarspalterei noch weiter treiben? Soll man sich bewusst sein, dass man dafür anerkannt werden will, dass man sich bewusst ist, dass eine sympathische Bewusstheit des Unsympathischseins wenig hilfreich ist? Tief durchatmen. Schreiben, sage ich mir und starre auf den Bildschirm, beinhaltet einen komplexen Bewegungsablauf des Geistes, während dessen man sich gleichzeitig der sublimsten und banalsten Dinge bewusst ist. Noch einmal tief durchatmen. Der Impuls, zu beschwichtigen und der Impuls, die Wahrheit zu sagen, haben sich eh nie vertragen, sinniere ich und zucke immer noch bei diesen Rezensionen zusammen. Noch mal Luft holen. Mit Sicherheit, tröste ich mich, ist »auferlegen« das Schlüsselwort in Prousts Formulierung – die Verwandlung, die Gedanken der Realität *auferlegen*. Noch mal durchatmen. Bis plötzlich Vögel meine Bahn kreuzen! Enten! Ein großes Geflatter und Geschnatter. Denn mir fällt wieder ein, was ich gegen Ende des berühmten Lunchs mit Naipaul mit anhören konnte, als der Autor sich vorbeugte und leise zu seiner offiziellen Gastgeberin sagte, er werde in Kürze seine Spesenabrechnung einreichen. Obwohl er doch in einem Wagen mit Chauffeur eingetroffen war, der ihn aus einer ziemlichen Entfernung abgeholt hatte. Was für Ausgaben hätte er sonst noch haben können? Und während ich mit anderen Konferenzteilnehmern über diese Sache tratschte, wie man das (egal wie unsympathisch) so tut, entdeckte ich, dass der große Mann ein pedantischer Spesenritter war. Entsetzlich kleinkariert. Bis zum letzten Pfennig, wie man mir erzählte. Und für seinen Auftritt noch bezahlt worden war! Während mir meine kleine Rede lediglich ermöglichte, auf ein paar mickrige Honorare zu verzichten. Ach, wie man sich doch darauf verlassen kann, dass saure Trauben stets die Lebensgeister wecken! Hinweg mit euch, Scharlatane! Ein majestätischer Schwung mit dem Stock. Oder Zauberstab. Ich schreib euch alle in Grund und Boden, beschließe ich. Am Besten über die Liebe!

ANALOGIEN

An einem Sonntagnachmittag im Oktober 1996 verlor Verona sein erstes Heimspiel der Saison zwei zu null gegen Bologna. Es war auch der Tag, an dem mir Giorgio erzählte, seine Ehe sei festgefahren. Wir befanden uns in der Curva Sud, dort, wo die beinharten Fans herumhängen, und vor Beginn herrschte ziemliche Aufregung, weil es das erste Spiel nach unserer Wiederkehr aus der provinziellen Ödnis der Serie B in das Weltstadtflair der Serie A war. Es gab Spruchbänder und Feuerwerkskörper, hohe Erwartungen, aufwühlende Anfeuerungsgesänge – gefolgt von einer Riesenenttäuschung. Normalerweise kann man ein Fußballspiel, wie eine Ehe, mindestens von zwei Seiten betrachten. Nicht so dieses. Verona war unfähig und uninspiriert. Ich kann mich nicht entsinnen, einen einzigen Schuss aufs Tor gesehen zu haben. Bologna war noch gnädig, es bei den zwei Treffern zu belassen. Als wir hinterher geknickt das Stadion verließen, sagte mir Giorgo im Vertrauen, dass er ein eigenes Appartement angemietet habe. Er habe seine Frau nie geliebt, meinte er. Mein Sohn, ein wackerer Zwölfjähriger, weinte und trat wütend gegen die Stufen. Giorgios wenig ältere Tochter blieb gefasst und lächelte stoisch. Über die nächsten acht Monate waren wir vier durch unsere Jahreskarten zusammengeschweißt.

Das Gedächtnis, unbeständig, wie allgemein bekannt, scheint nach zwei Methoden zu funktionieren: dem Gesamteindruck, der eine unbeweisbare Ablagerung ist, und der Episode: Bild- oder Tonwiedergabe. Es ist erstaunlich, wie wenig Wechselbeziehung es zwischen diesen beiden Methoden gibt. So gesehen war das nächste Spiel gegen Cagliari zwar überwältigend langweilig, aber die Episoden, die ich erinnere, sind sehr positiv: unser lachhaft duseliger erster Ausgleichstreffer, von einem Verteidiger abgefälscht, das geniale zweite Tor, ein Flachschuss, der die erste hohe Flanke verwandelte. Eheberater behaupten, dass eine negative Erfahrung mindestens vier positive auslöschen kann und somit keine vorteilhafte Ablagerung hinterlässt. Jedenfalls konnte sich Giorgio zu diesem Zeitpunkt an absolut nichts Glückliches in den fünfzehn Ehejahren erinnern. Aber ich hoffte, dass der eine Punkt, den wir Cagliari abgerungen hatten – den ersten nach drei Niederlagen hintereinander, eine im Heimspiel, die anderen auswärts –, die Wende bringen könnte. Mein Sohn Michele fand, dass wir mehr verdient hätten. Maria Giulia hielt das Ergebnis für fair. Und ihr Vater setzte sie zu Hause ab. Man hatte ihr erzählt, seine Arbeit zwinge ihn, eine Zeit lang in Florenz zu leben.

Ich behaupte, dass es im Fußball wie in der Liebe einen Unterschied zwischen Treue und Glauben gibt. Ich bin durch puren Zufall in die Stadt Verona geraten. Ein italienisches Mädchen, das mich auf einer Party in Boston traf, hatte einen Bruder, der hier Medizin studierte und uns daher eine Woche seine Wohnung überlassen konnte, als wir verheiratet waren. So wurden die Gelb-Blauen zu meiner Mannschaft. Und obwohl man mitunter lieber Milan, Juventus oder Inter unterstützt hätte, Teams also, die einem die Meisterschaft bescheren oder Bayern München in die Schranken weisen können, wird man seiner Mannschaft doch nie untreu. Man will ja gar keine andere

Mannschaft, sondern nur, dass die eigene erfolgreich ist. *»In Italia Hellas«* singen wir – weil der Klub offiziell Hellas Verona heißt –, *»in Europa Hellas.«* Und der Gesang endet mit *»e ovunque Hellas è sempre gialloblu«.* Wenn das nicht Treue ist! Hellas überall! Gelb-Blau immerdar. Aber es fehlt der Glaube, weil keiner von uns auch nur entfernt daran denkt, dass wir noch mal europaweit mitspielen, geschweige denn sonst wo.

Giorgio sagte, der springende Punkt sei doch, dass er sich seine Frau eigentlich nicht ausgesucht habe. Es sei alles ein Zufall gewesen, der sich ereignete, als sie noch sehr jung waren. Da wäre es doch einzusehen, dass er jetzt eine andere Leidenschaft habe: banalerweise seine Sekretärin. Aber er hatte sie nicht dazu gebracht, bei ihm einzuziehen. Raffaella war achtzehn Jahre jünger als er und lebte bei ihren Eltern, die schockiert gewesen wären. Es gab auch noch den Freund, der erst abgeschafft werden musste. Was denn auch geschehen würde, erklärte sie, sobald Giorgio ganz klarmachte, was er wollte. Giorgio verbrachte seine Abende damit, in der Kälte durch den Vorort zu laufen und mit seiner Freundin und seiner Frau die Sache per Handy zu diskutieren. »Erzähl den Kindern nichts, bis ich mich entschieden habe«, sagte er.

Perverserweise ist eine der Freuden des Fußballs die Diskrepanz, die sich so häufig zwischen dem auftut, was man eigentlich verdient hätte, und dem, was man dann bekommt. Daher entpuppte sich auch trotz geringfügig verbesserter Spielweise das Unentschieden gegen Cagliari als trügerischer Hoffnungsschimmer. Mitte November lieferten wir ein wirklich solides Spiel gegen Inter, nur um uns dann ansehen zu müssen, wie diese in letzter Minute und völlig gegen den gesamten Spielverlauf durch ein geniales Tor von Javier Zanetti in Führung gingen. Während der zweiten Halbzeit hatte ich meinen Sohn zur Ordnung rufen müssen, weil er sich an den rassistischen Sprechchören gegen die drei schwarzen Spieler bei Inter beteiligte. Giorgio war angewidert. »Das haben wir nicht verdient«, sagte er. Ich erzählte ihm nicht, dass sich seine Frau fast exakt derselben Worte bedient hatte, allemal desselben Tons, um mir zu sagen, was sie davon hielt, dass er sie verlassen hatte.

Marina hatte mehrfach angerufen und war dann schließlich vorbeigekommen. Sie hatte sich übertrieben zurechtgemacht und versuchte, rational und zynisch zu sein, konnte aber die ganze Zeit kaum die Tränen zurückhalten. Sie würde es ja gern begreifen, sagte sie. Denn wenn Giorgio eine andere hätte, hätte er es ihr gesagt. Er habe aber geschworen, dass keine andere Frau im Spiel sei. Peinlich berührt sagte ich irgendwas über Männer, die sich in einer schwierigen Lebensphase befänden. Offenbar kam Giorgio hin und wieder ein paar Tage nach Hause, weinte und ging dann wieder. Und jedes Mal, wenn er ging, blieb er länger fort. Sie fand, das habe sie nicht verdient. Sie zahlte schließlich einen schrecklich hohen Preis für die Kinder, durch deren Geburt sie weniger attraktiv geworden sei. Aber sie glaube an ihn, sagte sie. Es sei ganz undenkbar, dass er nicht zurückkommen würde. Er sei ein guter Mann. Das wisse sie. Ich fand, dass sie ganz und gar nicht unattraktiv war, sondern eine schöne Frau. Offenbar ließ sie in manchen Nächten die Kinder allein und blieb bis zwei oder drei Uhr fort.

Wenn man durch die Fernsehkanäle zappt und auf ein Fußballspiel stößt, dann fällt es sehr schwer, nicht hängen zu bleiben und zuzuschauen, und noch schwerer, nicht Partei zu ergreifen. Genauso geht es einem, wenn befreundete Paare ihr Leben in ein Schlachtfeld verwandeln. Vor dem Fernseher neigt man dazu, statt sich für eins der beiden Teams stark zu machen, sich gegen das Andere zu ereifern. Und das ist der wesentliche Unterschied zwischen unserer emotionalen Reaktion auf Fußball im Stadion und Fußball daheim: Da nun einmal unsere eigene Mannschaft selten im Fernsehen erscheint, machen wir fast immer gegen ein Team Stimmung, statt unserem eigenen zuzujubeln. Man wünscht sich mehr, dass die eine Seite leidet, meistens die stärkere und berühmtere, als dass eine andere Erfolg hat. Plötzlich stellte ich fest, obwohl Giorgio mein Freund war und ich häufig verständnisvoll genickt hatte, wenn er sich über seine Frau beklagte, und vor allem, obwohl wir gemeinsam loszogen, wenn Verona spielte, genauer gesagt gemeinsam eine miserable Saison durchlitten, dass ich irgendwie gegen ihn Stimmung machte. War ich neidisch? Auf seine jüngere Freundin? Wollte ich, dass er nicht ganz so ungeschoren davonkam? Also das, was ich dem benachbarten Provinzteam Vicenza wünschte, das in der Tabelle viel weiter oben stand, als es verdiente. Es war beunruhigend.

Unseren ersten Sieg erlangten wir gegen Roma. Nach unserer Auswärtsniederlage in Reggiana (»bescheidenes Reggiana«, würde ein englischer Sportreporter sagen) in der vorangegangenen Woche hatte es in den Zeitungen geheißen, dass sich bestimmte Spieler nicht genügend anstrengten, dass sie ihrem gelbblauen Trikot keine Ehre machten. Ich fand das unfair. Warum sollten sie sich nicht anstrengen? »Es ist im Leben das Glückliche«, sagt Kierkegaard, »wenn Wunsch und Pflicht zusammenfallen, wenn Wunsch meine Pflicht ist und umgekehrt.« Und das trifft doch wohl erst recht und fast immer auf einen Fußballer zu. Warum um alles in der Welt sollte er nicht gewinnen wollen? Was ja auch seine Pflicht ist. Marinas Wünsche schienen ebenfalls mit ihrer Pflicht zusammenzufallen: ihren Mann und ihre Kinder zu lieben. »Die Aufgabe der meisten Menschen im Leben ist eben«, bemerkt Kierkegaard, »bei ihrer Pflicht zu bleiben und sie mit ihrer Begeisterung in ihren Wunsch zu verwandeln.« So gesehen könnte Giorgios Frau behaupten, sie sei mit sich zufrieden, mochte auch alles noch so schlecht laufen, ganz wie die entrüsteten Spieler von Verona, als sie von der Lokalzeitung interviewt wurden.

Nicht so Giorgio. Vor dem Spiel brach er über der Frage, was jetzt mit seinen Kindern geschehen solle, in Tränen aus, allerdings leise, damit Maria Giulia es im Lärm der Menge nicht hörte. Es war ein ernüchternd kalter Wintertag, und sie zerriss gerade die Stadionzeitung, um Papiertauben zu falten. Und doch war er in Raffaella verliebt. Oder glaubte es zu sein. Dann sprach er eindringlich davon, dass er auch sich selbst gegenüber eine Pflicht habe: das Leben bis zur Neige auszuschöpfen. Er laufe Gefahr zu sterben, ohne je sein Potenzial an Liebe annähernd ausgelebt zu haben, ohne überhaupt je richtig gelebt zu haben. Aber das klang mir sehr nach einer Rechtfertigung im Nachhinein, die eine sich heftig wehrende Pflicht in eine Richtung schleifen soll, in die es sie nicht zieht. So wie Diktatoren Verteidiger bezahlen, damit diese ihren Staatsstreich legitimieren. Wo wäre sonst der innere Konflikt? Michele sagte, wenn wir dieses Spiel auch noch verlören, würde er seine Jahreskarte zerreißen und die Schnipsel auf dem Spielfeld verteilen.

Erstaunlicherweise landete Verona den ersten Treffer. Mit Hilfe einer äußerst zweifelhaften Schiedsrichterentscheidung schaffte Rom den Ausgleich. Aber Fußball ist, wie unser Verstand, immer in Bewegung. Wie eigensinnige Gedanken jagen die Spieler in völlig unerwartete Richtungen davon, plötzliche Konflikte branden auf, dann das vertraute Muster, dass sich die Dinge immer dort fügen – und das ist bei Verona krankhaft –, wo eigentlich nur Konfusion herrscht. Zwei Pässe, dann ein dritter und vierter, ein herrlicher Spielzug über fünf Stationen! Verona hatte wieder ein Tor geschossen. Zerschunden und ungläubig hielten die Jungs bis zum Schluss dem Druck stand, nicht ohne ein Paar heroische Torwartleistungen. Zum ersten Mal erhob sich die Menge und röhrte Beifall. Unter den sich Sprechchöre von »*Roma, Roma, vaffanculo!*« mischten. Was wohl, in etwa, »Verpiss dich, Rom« entsprechen dürfte. Toto De Vitis, alterndes Idol und Torschütze, trat vor die Fans. Wie wir tobten und ihm huldigten. Wie wir unsere Spieler lieben, wenn sie gewinnen! Wenn sie uns erlauben, gegnerischen Meuten triumphierend Beleidigungen zuzuschreien. Die Ränge waren ein einziges Fahnenmeer. Ich finde das herrlich. Giorgio, der das ganze Spiel über gebrüllt hatte, lächelte glückselig. »Vielleicht gehe ich doch nicht von zu Hause fort«, lachte er. So moralisch erhebend wirkt sich ein ordentlicher Sieg auf die Emotionen aus. Aber in der nächsten Woche verlor Verona zwei zu null gegen das bescheidene, sehr bescheidene Piaccaza.

Es gibt Leute, die einem voller Begeisterung erzählen, wie intelligent ihre Fußballidole seien. Ich entsinne mich, so etwas über Cantona, Platini und Lineker gehört zu haben. Dabei bewundern wir diese Männer in Wirklichkeit dafür, was sie für unsere Mannschaft tun können, und nicht, wie intelligent sie außerhalb des Platzes sind, vermutlich weniger intelligent als die, die wir verabscheuen: Ich meine die Politiker und manchmal auch die Trainer. Unseren ganz bestimmt. Giorgio überhörte jede Anspielung, seine junge Raffaella sei keine ungewöhnlich intelligente Frau. Sie war schlicht die klügste und scharfsinnigste Person, die ihm je begegnet war. »Intelligent vorlaute Brüste?«, erkundigte ich mich. »Gelehrig warme Schenkel?« Während wir uns unterhielten, dröhnte aus den Lautsprechern jene Melodie, die mindestens ein dutzend Mal vor jedem Spiel den langen Spot begleitet, der für die Cesare-Ragazzi-Haarimplantationsmethode wirbt. Der große Bildschirm gegenüber der Curva Sud zeigte einen ehemals kahlen Mann, offenbar Cesare persönlich, der jetzt in der Lage war, alle Wonnen zu genießen, die das Umarmen eines nackten Mädchens in einer Unterwasserlandschaft mit sich bringt, was uns zugleich ermöglichte zu sehen, wie lang und dick verpflanztes Haar sein kann. Die Vermarktung der Midlife-crisis könnte kaum drastischer daherkommen, und eine passendere Zielgruppe wäre wohl auch schwerlich zu finden. Warum wohl gehen Männer zum Fußball, wenn nicht, um ihre Jugend wieder aufleben zu lassen? Das Ganze hat irgendwie etwas Verträumtes. Während Michele und Maria Giulia nach einer Coca-Cola verlangten, kam mir der Gedanke, dass junge Mädchen möglicherweise geistig reifer erscheinen, genauso wie Männer in ihren mittleren Jahren offenbar eine weiche Birne kriegen. Giorgio schüttelte seine, in die Stadionzeitung vertieft. Dort beklagte man, dass De Vitis inzwischen zu alt wäre, um die vollen neunzig Minuten durchstehen zu können. Dabei war er acht Jahre jünger als wir beide. Eins war die verlassene Marina bestimmt, dachte ich, nämlich eine intelligente Frau.

Das war im Spiel gegen Udinese. Am 23. Dezember. Nach unserem Sieg gegen Rom hatten wir auswärts kontinuierlich verloren und in den zwei Heimspielen gegen Vicenza und Sampdoria beide Male ein Unentschieden gemacht. Schon wurde offen über den Abstieg geredet. Schon nahm unser

Coach Cagni die Haltung dessen an, der an seinem Glauben festhält, obwohl alles dagegen spricht. Nicht unähnlich Marina, die immer noch nicht über die Affäre mit Raffaella aufgeklärt worden war. Es wurde gemunkelt, man wolle einen Libero von irgendeinem deutschen Verein kaufen, um unsere erbärmliche Abwehr auf Vordermann zu bringen. Oder vielleicht ging es mehr darum, den Fans die Hoffnung zu erhalten. Psychologie wurde jedenfalls zu einem wichtigen Thema, wie die Stadionzeitung jede Woche neu betone. Nicht, dass irgendjemand behauptet hätte, wir seien eine der technisch versierteren Mannschaften in der Serie A. Aber wenn sich die Jungs nur auf eine Strategie einigen könnten, wären sie so ungeschickt nun auch wieder nicht, dass man ihnen unterstellen könnte, kampflos unterzugehen. Giorgio erzählte mir, dass er über Weihnachten eine Woche nach Hause gehen würde. Weihnachten müsse man mit den Kindern verbringen, erklärte er: mit Maria Giulia und ihren zwei jüngeren Brüdern. Raffaella würde mit ihrem Freund zusammen sein. Sie war zwar sehr in Giorgio verliebt, fand es aber schwierig, ihrem *fidanzato* den Laufpass zu geben, solange sie nicht aufgefordert wurde, ihr Leben mit ihrem Liebhaber zu teilen. Vielleicht hat Marina ja recht, wenn sie an ihrem Glauben festhält, dachte ich. Vielleicht hat Cagni recht. Es gibt Hoffnung. Und aus einem heillosen Durcheinander vor dem Torraum heraus landete Udinese einen Treffer.

Geschah es in diesem Spiel, dass mir erstmals bewusst wurde, wie problematisch die Saison in psychologischer Hinsicht für Orlandini, Zanini und Maniero sein musste? Noch jung und auf der Höhe ihrer beträchtlichen Leistungskraft, von Vereinen mit großen Namen, die keinen Platz für sie hatten, an Verona ausgeliehen, mussten sich diese drei kommenden Stars doch reichlich frustriert fühlen vom Mittelmaß ihrer Vereinskameraden, dabei aber gleichzeitig die Gewissheit genießen, dass sie sich im Fall des Debakels in einen anderen Verein flüchten konnten. So wie in einer bröckelnden Ehe Männer ruhig darauf vertrauen dürfen, dass sie mit fünfundvierzig leichter noch mal von vorn anfangen können als ihre Frauen. Oder wie sich schöne und intelligente Mädchen bewusst sind, dass sie aus einer leidenschaftlichen Affäre gestärkter hervorgehen werden als ihre alternden Liebhaber. Orlandini und Zanini ließen sporadisch gutes Spiel erkennen, als seien sie eifrig bemüht, potenzielle Käufer an ihre Qualitäten zu erinnern. Aber kann man sich hundertprozentig einbringen, während man gerade seinen Ausstieg vorbereitet? Hatten die Zeitungen recht mit der Frage, ob einige Spieler wirklich ihr Bestes gaben? Er wolle es noch mal zu Hause probieren, sagte Giorgio zur Halbzeit, beabsichtige aber nicht, länger als über die Weihnachtsferien zu bleiben. Der Schiedsrichter sei »venduto«, brummte Michele, »gekauft«. Er hatte uns einen klaren Strafstoß verweigert. Ich fühlte mich schuldig, weil ich meinen Sohn dazu verführt hatte, sich einem so unnützen Team zu verschreiben.

Aber vorbei ist ein Spiel erst mit dem Schlusspfiff. Es kam ja noch die zweite Halbzeit. Fast sofort brach Orlandini beherzt durch die gegnerische Abwehr. Perfekte Flanke und Zaninis Flugkopfball. Tor! O Wonne! Und gleich darauf, nicht mal zwei Minuten später, Udineses zweiter Treffer. Also wirklich, wie konnte unsere Abwehr so schlecht sein? Frustration und Verbitterung, vollkommen unangemessen, verbreiteten sich auf den Rängen. Hass auf Udinese, die eine Trommel mitgebracht hatten und diese laut traktierten, Hass auf unsere Mannschaft, weil sie so unsäglich schlecht war, Hass auf uns selbst, weil wir sie unterstützten, weil wir wussten, dass wir sie auch nach diesem Spiel unterstützen würden. Aber auch das gehört zu den Gefühlen, für die man Eintritt zahlt und die es einem ermöglichen, unter der Woche distanzierter und weniger streitlustig zu sein, sodass man sogar ein oder zwei Auseinandersetzungen mit seiner Frau bis auf weiteres verschiebt. Wenn du so ein Team zum Hassen hast, sagte ich zu Giorgio, erscheint dir dann deine Frau nicht im allerbesten Licht? Er runzelte die Stirn. Maniero wurde im Strafraum gelegt, und wir bekamen einen Elfmeter. Orlandini. Tor.

Zwei zu zwei. Es war dunkel geworden. Das Flutlicht ging an. Vielleicht war es das nahende Weihnachtsfest, das die Menge ein Wunder wittern ließ. Denn Verona ging – und das ist die Ausnahme – zum Angriff über. Es bildete sich eine dieser gewaltig anwachsenden Hoffnungswellen, die man in einer Menge ausmachen kann und die einen zumindest daran erinnern, dass vieles nach wie vor unerklärlich ist. Haben die Spieler wirklich mehr Energie, weil sie so verzweifelt angefeuert und ermutigt werden? Aus einem unerfindlichen Grund schrien alle: »Su! Su! – Rauf! Rauf!«, was »rauf aufs Tor« bedeutet, aber so wie es klang, wollten sie da eine Leiche zu neuem Leben erwecken. Entsprechend wurde in letzter Minute der alte Toto eingewechselt. Und in den ablaufenden Sekunden einer inzwischen verdächtig lang gewordenen Nachspielzeit bescherte uns dieser sinkende Stern, Komet möchte ich sagen, unser Weihnachtsgeschenk. Er besaß die Cleverness, am Rande des Fünfmeterraums eine tiefe Flanke anzutäuschen. Den Torhüter, der schon nach dem Leder hechtete, erwischte es auf dem falschen Fuß, der große Maniero stand direkt dahinter und brauchte den Ball nur noch einzuschlenzen. Ich habe meinen Sohn noch nie so ekstatisch erlebt. Obwohl er behauptet, Mädchen zu verachten, umarmte er die ziemlich attraktive Maria Giulia, hob sie hoch und ließ sie wieder zu Boden plumpsen. Er ist ein großer Junge. Als das Flutlicht ausging, blieb die Menge und zündete ihre Feuerzeuge an, ein Anblick wie ein Meer von Kerzen bei einer Weihnachtsmesse. »*Adesso suona il tamburo!*« sangen sie zur Melodie von *Guantanamera*. »Trommelt doch, so viel ihr wollt!« Die Spieler warfen ihre Trikots auf die Ränge, und einer seine Shorts. Und als ich nach Hause kam, war ich so glücklich über den Anblick des Weihnachtsbaums und meiner Kinder und meiner Frau und darüber, dass alles gut war, dass ich weinte.

Therapeuten, die versuchen, eine Ehe zu retten, betonen immer wieder, der erste Schritt sei Kommunikation. Dass man jede Seite dazu bewegen soll, der anderen ehrlich zu sagen, was man fühlt. Obwohl ich mir nicht ganz sicher bin, ob das wirklich so klug ist, habe ich häufig beobachtet, wie Gruppen gegnerischer Fans den triumphalen Anblick hemmungslos genossenen Nichtverstehens bieten. Wir schreien aus Leibeskräften *Milan, Milan, vaffanculo.* Aber kaum haben wir angefangen, da pfeifen sie schon. Übertönen uns. Oder stimmen ähnliche Gesänge an. Sodass jeder Fan nur das hört, was er hören will. Er hasst die andere Mannschaft und deren Fans. Alles um ihn herum bestätigt ihn in seinem Hass. Wie etwa in Situationen, in denen man sich bei einem besten Freund über seine Partnerin beklagt; er stimmt einem eifrig zu und wird möglichst mit ähnlichen Vergrätztheiten aus eigener Erfahrung aufwarten. Und solange sich, in diesem Stadium, beide Seiten bewusst sind, wie theatralisch das Ganze ist, so lange, wie formale Arrangements sie auch schön auseinander halten, ist dies für sie eine enorme, wenn auch kindliche Freude, viel größer als irgendeine intelligente Spielanalyse mit einem gegnerischen

Fan, die eventuell mit dem schmerzlichen Eingeständnis einhergeht, dass seine Seite deiner eigenen tatsächlich unendlich überlegen ist. Aber obwohl es verkürzt wäre zu sagen, Fußball sei nicht wichtig, ist doch klar, dass es Wichtigeres gibt. Es gibt Dinge im Leben, in denen ein derartiges schmerzliches Eingeständnis angebracht ist. Daher hatte Marina Weihnachten dazu genutzt, Giorgio zu sagen, sie erkenne die Tatsache an, dass sie einen Großteil der Verantwortung für die Dinge mittrage, die in ihrer Ehe schief gelaufen waren, und dass sie diese unbedingt wieder gutmachen wolle, dass sie ihn bewusster lieben wolle, dass sie wieder zu dem zurückgelangen wolle, was sie hartnäckig als glückliche Jahre für sie beide beschrieb. Erinnere dich doch an das, Giorgio, sagte sie. Oder an jenes. Ihre Großzügigkeit überraschte meinen Freund einigermaßen. Und verschreckte ihn, glaube ich. Die Reaktion: Er blieb fast einen ganzen Monat von zu Hause weg.

Und was war das für ein trüber Monat! Mit dem Hochgefühl unseres Sieges über Udinese fuhren wir zu unserem ersten Auswärtsspiel. Atalanta, das Team von Bergamo. Im Bus stimmten die Fans *»Autogrill, Autogrill, Autogrill«* an, zu der Melodie, auf die sie sonst den Namen eines Lieblingsspielers singen. Ein Autogrill ist eine Autobahnraststätte. Als wir bei einer anhielten – obwohl die Fahrt von Verona nach Bergamo nur anderthalb Stunden dauert –, randalierten die Fans im Café und warfen Schneebälle auf Polizeiwagen, die uns begleiteten. Auf dem Spielfeld blieb Verona die ganze Zeit in der Defensive, als könne man im Fußball je etwas erreichen, indem man keine Tore schießt; derweil versuchten ein paar Hooligans, den riesigen Zaun zu erklettern, hinter den man uns verfrachtet hatte, um ein paar Feuerwerkskörper unter die wohlhabenden Bergamaschi auf ihren besseren Plätzen zu schmeißen. Die Polizei ließ sich die Gelegenheit nicht entgehen, die Schlagstöcke einzusetzen. Es war unter null Grad. Und natürlich knallte uns Atalanta fünf Minuten vor Schluss noch schnell den Ball ins Netz. Alle waren angewidert. »So eine Erfahrung hilft dir, erwachsen zu werden«, sagte ich zu meinem Sohn, in dem schwachen Versuch, den schweren Schlag zu kompensieren. »Es ist wichtig, dass man sich daran gewöhnt, mit Niederlagen zu leben. Es ist wichtig, dass man lernt, zu einer Sache zu halten. In guten wie in schlechten Zeiten.« Giorgio stöhnte. Ich hörte fast schon Kipling aus mir sprechen. Maria Giulia hatte nicht mitkommen wollen.

Sie hätten unseren unsäglichen Trainer Cagni nur deswegen nicht gefeuert, erzählte uns ein gut informierter Fan vor dem Spiel gegen Milan, weil sie ihn bis Saisonende bezahlen mussten. Dazu dann den Neuen, wer immer das sei. Und über solche Summen verfüge Verona nicht. Auch Giorgio wurde gezwungen, sich die Kosten, einen alten Vertrag zu kündigen, klarzumachen. Er wie Marina hatten Anwälte konsultiert. Angebot und Gegenangebot. Sie wollte drei Millionen im Monat. Er werde relativ arm sein, sagte er. Geld, sinnierten wir trübsinnig, war ein alles bestimmender Faktor im Leben. Wir sahen zu, wie die Mannschaftsaufstellung von Milan auf dem Bildschirm erschien: Maldini, Albertini, Baresi, Boban, Savicevic, Baggio. Selbst wer bei ihnen auf der Bank saß, war doppelt so viel wert wie die ganze Riege von Verona zusammengenommen. Und sie hatten sofort ihren Coach gewechselt, als die Dinge anfingen schief zu laufen. Der große Sacchi war wieder da. Was gab es da für unser Verona noch zu hoffen?

Es war brechend voll. Aber diesmal konnte einem die Menge kaum Mut einflößen. Denn was einen unter anderem rasend macht, wenn man in Italien eine Provinzmannschaft unterstützt, ist, dass das Stadion nur dann richtig voll wird, wenn mal eins der drei großen Teams vorbeischaut: Juventus, Inter, Milan. Und dann füllt es sich beileibe nicht mit Fans, die aus diesen Metropolen anreisen, obwohl es auch solche gibt, oder mit Einheimischen, die eher geneigt sind zu zahlen, wenn man echte Spielkunst bewundern kann, obwohl es auch solche gibt. Nein, das Stadion füllt sich vor allem mit Einheimischen, die tatsächlich einen der Großen Drei *unterstützen,* Menschen, die in Verona geboren und aufgewachsen sind und die Juventus-Fähnchen schwenken, sich mit Inter-Schals schmücken und Milan-Trikots tragen. Diese Leute, denen glücklicherweise jedes Gefühl für das Pathetische abgeht, unterstützen ausschließlich erfolgreiche Teams, vorwiegend am Fernseher natürlich, so wie einige Männer nur Augen für die schönsten und aufregendsten Frauen haben. Und wenn sich die Gelegenheit bietet, genehmigen sie sich ihr kleines Techtelmechtel. Dies sozusagen in seinem eigenen Garten zu tun, ist allerdings nicht gerade ein Ausbund an gutem Geschmack. »Wir kennen eure Namen!«, schrie Veronas harter Kern. »Wir haben eure Adressen!« *»Vergogna!«,* brüllte Giorgio. »Schämt euch!«

Es sei sowieso nur eine Frage der Zeit, warnte ich Michele. Wie kann sich ein unansehnliches, ewig vor sich hinwurstelndes Arbeitstier wie Verona gegen so viel Glanz behaupten? Michele nickte stoisch. »Sieh dir einfach an, wie man's macht, und genieß es«, setzte ich nach, dabei war ich noch nervöser als er. Und Milan spielte wahrhaftig so wunderschön, so geschmeidig. Diese musterhaften Pässe. Zwei, drei, vier Schüsse aufs Tor. Nur eine Frage der Zeit. Bis plötzlich, unerklärlicherweise, unser, ja, unser Orlandini nach einer Ecke für Milan ausbrach. Baggio umdribbelte. Das ganze Feld vor sich hatte. Flanke auf

Zanini. Tor. Milan war überrascht, aber kaum ernsthaft besorgt. Das Spiel ging weiter wie zuvor, ein raffinierter Angriffszug nach dem anderen. Vielleicht zehn verpasste Chancen. Bis zum nächsten Ausbruch. Ein Gewusel im Torraum. Treffer! Zwei zu null. Und nur für den Fall, dass wir es immer noch nicht glaubten, landeten wir noch einen: Orlandini. Der unseren dritten und letzten Schuss aufs Tor verwandelte. *In Italia, Hellas, in Europa, Hellas!* O Wonne. Während die Veroneser Milan-Fans vor Enttäuschung vorzeitig abzogen, erhob sich die Curva Sud wie ein Mann, oder besser gesagt, wie eine triumphierende Ehefrau, die dem geschlagenen Hurenreich hämisch die geballte Faust zeigt.

»Schade, dass Maria Giulia nicht dabei war«, sagte ich hinterher. »Wieso eigentlich nicht?« Und Giorgio, der schon geraume Zeit nicht mehr über seine Situation gesprochen hatte, erklärte mir, es sei nicht mehr glaubhaft, den Kindern zu erzählen, dass er in Florenz arbeite und es nur am Sonntag nach Hause schaffe. Deswegen habe er ihnen jetzt erzählt, dass er für einen Monat nach Rom gegangen sei. Obwohl inzwischen Anwälte eingeschaltet waren, sah es so aus, als wären die Kinder immer noch nicht über die Trennung informiert worden. »Und du hast Raffaella nicht gefragt, ob sie bei dir einzieht?« »Nein.« »Also was hast du vor?« Giorgio sagte, solange er sich nicht zu einer Entscheidung durchringen könne, fühle er sich wie gelähmt. »Wenn du nicht bald eine triffst, dann trifft sie jemand anders für dich.« Wie einfach es ist, Ratschläge zu erteilen! Er sagte, das wisse er, aber es helfe ihm nicht weiter. Als wir uns verabschiedeten, umarmten wir einander, und ich schämte mich ein wenig, weil ich gegen ihn Partei ergriffen hatte. Das wichtigste sei, Klarheit in die Situation zu bringen, sagte ich. Wenn Verona Milan schlagen konnte, bestünde im-

mer noch Hoffnung. »Vielleicht geht's ja ins Elfmeterschie-
ßen«, sagte er.

Die Besonderheit des »Glaubensritters«, wie Kierkegaard
ihn in *Furcht und Zittern* beschreibt, liegt darin, dass er wie der
»Ritter der unendlichen Resignation« eine Geisteshaltung angenommen hat, die akzeptiert, dass seine Wünsche sich nicht
erfüllen können, also eine Geste des Verzichts vollzieht, dass er
aber im Gegensatz zu jenem noch einen Schritt weiter geht.
Paradoxerweise glaubt er immer noch, dass er bekommen
wird, was er nicht bekommen kann: Unsterblichkeit ist unmöglich, und doch wird sie mein sein. Und dieses Paradox ist
es, sagt Kierkegaard, das den, der den wahren Glauben hat, verdammt, das »Martyrium des Unverstandenseins« zu leiden. Sicherlich fiel es einem immer schwerer, Marina zu verstehen,
wenn sie, inzwischen ganz gelassen und pragmatisch, über Arrangements der Trennung sprach, während sie gleichzeitig
verkündete, sie sei überzeugt, dass Giorgio zu ihr zurückkeh-
ren werde. Sicherlich wirkte Cagni, freundlich gesagt, widersprüchlich, wenn er in einem sträflich saloppen Interview im
Regionalfernsehen behauptete, er sei sich zwar absolut darüber im Klaren, dass wir wahrscheinlich absteigen würden, und
entschlossen, dieser Tatsache ins Auge zu sehen, wenn es denn
soweit wäre, dass er aber gleichwohl fest daran glaube, dass dieser Fall nie eintreten werde. Wir würden unsere letzten Spiele
gewinnen und oben bleiben. Es würde uns schon genügend
adeln, dachte ich, wenn Michele und ich zu »Rittern der unendlichen Resignation« würden. »Hoffe nicht«, sagte ich zu
ihm vor unserem alles entscheidenden Spiel gegen Juventus.
Ich hatte recht. Wir verloren zwei zu null.

Aber Analogien müssen auch irgendwo zusammenbrechen.
Der Verstand webt sich sein Netz um die Welt und sucht sich

Ähnlichkeiten, verknüpft, was ihm gleich erscheint, beharrt, begreift, und bildet sich ein, er habe durchschaut. Aber wenn Analogien nicht endeten, wenn sich zwei Dinge in jeder Hinsicht glichen, dann würden sie sich gegenseitig aus dem Weg räumen und daher in gewisser Weise aufhören zu existieren. Wir hätten dann nur noch dieses Gedankennetz und nichts, was wir darin einfangen könnten. »Es ist beleidigend«, sagte meine Frau eines Abends, »wie du fortwährend Marinas und Giorgios Probleme mit der Fußballsaison vergleichst. Es ist lächerlich«, beschwerte sie sich. Und sie hatte recht. Denn letztlich war es mir schnurzegal, ob Verona in die Serie B abstieg. Oder von mir aus auch in die Serie C. Letztlich scherte es mich nicht die Bohne, ob sie Milan schlugen oder gegen das bescheidene Reggiana zehn zu null verloren. Ob sie aus eigener Kraft Weltmeister wurden oder Bankrott gingen und ein für alle Mal ihren Laden dicht machten. Es spielte überhaupt keine Rolle für mich. Während andererseits über das Leben von vier Menschen eine gewaltige Katastrophe hereinbräche, wenn Giorgio beschließen würde, seine Familie endgültig zu verlassen. Wie verführerisch es auch sein mag, wenn sich die Ränge füllen und die Fahnen wehen und die Spieler in leuchtenden Farben über das blendende Grün jagen, so ist das Stadion doch nur ein kleiner Ort in einer großen Stadt, jenem größeren Universum des Geistes, ein kleines Theater, wo herrlich kindliche Freuden endlos nachgespielt werden können. Wohingegen ein Wohnzimmer riesig ist. Ein Kind gigantisch. Und das Schlafzimmer ein Kosmos. »Ich tu das«, sagte ich zu ihr, »weil du mir nur so erlaubst, über Fußball zu reden.«

In der dunkelsten Stunde der Saison also – dem Abstieg nach den Regeln der Mathematik – kehrte Giorgio heim. Nicht etwa geschlagen, sondern mit den Worten: Das ist es, was ich will, meine Ehe, für sie entscheide ich mich. Sogar triumphierend. Als löse er sich aus einem Schatten. Von einem Fluch. Aus der Verzauberung durch Raffaella. Oder aus meiner Analogie. »Wie konnte ich mir nur einbilden, meine Frau nicht zu lieben?«, sagte er. »Wie konnte ich mir nur vorstellen, von meinen Kindern getrennt zu sein?« Und als wir dort in der zusammengeschrumpften und verzagten Menge saßen und zusahen, wie sie sich von Parma die Sterbesakramente verpassen ließen, wie sich der Vorhang über unseren Flirt mit der Serie A senkte, da sagte er: »Gott sei Dank steige *ich* nicht ab.« Und er sagte: »Nichts leichter, als das arme Mädel zu feuern, als es soweit war.« »Wiewohl ein kleiner Verlust an Unterhaltungswert«, beschwerte ich mich. Später am Abend, als meine Frau endlich ihr Telefonat mit einer sehr redseligen Marina beendet hatte, sagte ich mürrisch: »Und Cagnis Vertrag haben sie auch verlängert. Ist das denn zu fassen? Ändert sich denn nie irgendwas?« »Trinken wir auf die Ehe«, sagte sie. Und lachte dann: »Auf die nächste Saison.« In der Woche darauf ging ich mit Michele zum Stadion und bestellte die Karten fürs nächste Jahr.

Tim Parks

Schicksal

Roman

An der Rezeption seines Hotels erhält Christopher Burton
einen Anruf, der ihn über den Selbstmord seines Sohnes
informiert. Aber warum ist bei dieser schrecklichen
Nachricht Christopher Burtons erster Gedanke, jetzt nach
fast dreißig Jahren Ehe seine Frau zu verlassen?
Ein fesselnder Roman über Ehe und Identität, über die
furchtbare Dynamik, die Zerstörung des anderen in Kauf
zu nehmen, um die eigene Haut zu retten.
»Schicksal zeigt einmal mehr, dass Tim Parks zu den
besten britischen Autoren zählt.« (Washington Post)

KUNSTMANN
www.kunstmann.de